CORÍN TELLADO

La boda de Ivonne

punto de lectura

Título: La boda de Ivonne
© Corín Tellado, 2002
© Ediciones B, S.A.
© De esta edición: enero 2002, Suma de Letras, S.L.
Barquillo, 21. 28004 Madrid (España) www.puntodelectura.com

ISBN: 84-663-0578-5
Depósito legal: M-39.815-2002
Impreso en España – Printed in Spain

Diseño de colección: Ignacio Ballesteros

Impreso por Mateu Cromo, S.A.

Segunda edición: septiembre 2002

CORÍN TELLADO

La boda de Ivonne

Primera Parte

Uno

—¿Estás inquieta, Ivonne?

—Tal vez no.

—¿Sólo tal vez, querida mía? Vengo observándote en silencio, nena; hace muchos días que veo en tus ojos ciertos celajes desusados en ti. Al principio creí que todo se debía al trabajo, luego me di cuenta de que mi observación era equivocada; y hoy, antes de salir para el sanatorio, tengo la pretensión de que me abras tu alma un poquito. Sabes muy bien, Ivonne, que lo representas todo para mí. Los hijos que nunca tuve, el marido que me faltó...

—¡Oh, tía, por favor!

—¿Lo ves? Hay algo que no funciona bien en tu interior. Me refiero a tu corazón. ¿Acaso te has enamorado?

Ivonne, que se hallaba con la cara pegada al cristal de la ventana, crispó la boca y se volvió con violencia.

—¿Enamorada?

—¿Por qué no, querida? Tienes dieciocho años, eres ya una mujer consciente; por ello nada tiene de extraño que te enamores.

Las facciones de Ivonne se alteraron un tanto. Era una muchacha lindísima, de ojos grandes y melancólicos, guardadores de un mundo de ternura que se empeñaba en estar oculto, como si algo amenazara el propio sentir blando y bueno de su corazón femenino. Había algo exquisito en aquella jovencita. Algo extraordinario en la mirada muy clara de sus ojos soberbios, y en el rictus de la boca que era joven, roja y sensual y parecía haber sido ya lastimada. Tenía el talle flexible, el busto bien definido, palpitante y túrgido, y unas caderas redondeadas, muy bien adaptadas a su figura esbelta y juvenil. En aquel instante, en que se disponía a salir para su trabajo, vestía un modelo de tarde, oscuro, que amoldaba sus formas maravillosamente, y sobre él una simple gabardina beige, un pañuelo de colorines sujetando la rebeldía del cabello leonado, y se ponía los guantes en aquel momento cuando su tía cometió tal vez la imprudencia de hablarle de un posible amor.

—El amor, tía Martha, no se hizo para las chicas que deben trabajar diariamente —comentó con vaguedad— Estamos de tal modo sometidas a una obligación indispensable, que no nos queda tiempo para pensar en posibles amores.

—Eso es una atrocidad, Ivonne.

—Tal vez, mas yo no lo considero así —miró hacia la calle y suspiró—. Tía Martha, es hora de marchar. No me gusta que la enfermera-jefe me llame la atención. Es una mujer agria y desagradable y me tiene ojeriza.

—¿Por qué?

Ivonne se encogió de hombros indiferente.

—Lo ignoro. Verdad es que jamás me preocupé de averiguarlo.

Tía Martha se aproximó a ella. Le tocó en el brazo y la joven se inclinó para ser besada en la frente.

—No me agrada que te crees enemistades, Ivonne. Eres una muchacha dulce y noble y lamentaría que alguien te lastimara.

Ivonne movió la boca. Tal vez iba a decir algo, pero se contuvo de pronto y se dirigió a la puerta.

—Hasta luego, tía. Hoy estoy de guardia y seguramente no vendré hasta bien entrada la noche. Me corresponde hacer la sala hasta las doce y tal vez me vea precisada a acompañar al director en su visita de inspección.

—Parece que eso te desagrada.

Ivonne cerró los ojos como si pretendiera alejar una horrible visión; mas la boca, aquella boca delicada y exquisita que deseaba el muy famoso doctor Hans Keibert, se mantuvo obstinadamente apretada.

—En absoluto —repuso con un deje de ironía que la dama, confiada, no acertó a definir.

Luego se despidió precipitadamente y salió a la calle. Una brisa húmeda bañó por un instante sus delicadas facciones. Hubo cierto sobresalto en su cara bonita, pero subiendo el cuello de la gabardina lanzóse a la calzada y caminó deprisa hacia la parada del autobús.

Minutos después se ponía a la cola. El sanatorio particular de Hans Keibert se hallaba enclavado en las afueras. Todos los días, Ivonne hacía aquel recorrido sin desfallecer ni protestar aparentemente, mas en su interior había algo; algo terrible que protestaba airadamente contra el director y sus enfermos millonarios...

Le agradaba visitar las salas destinadas a los pobres. Era un sedante para el corazón blando de Ivonne.

—Querida —dijo una voz tras ella.

Ivonne volviose. Ya sabía a quién pertenecía aquella voz. La joven se sintió en cierto modo reconfortada y segura al lado de Douglas Huxley. Era enfermero y su noble carácter se ajustaba al temperamento de Ivonne como ningún otro de sus compañeros.

—¡Hola, Douglas! —Sonrió, entregándole la mano que él estrechó afablemente.

Era joven, tendría aproximadamente 28 años; ojos negros, cabellos negros y una sonrisa diáfana en los labios. Ivonne al mirarlo pensó como múltiples veces:

«Es un gran amigo, un gran muchacho, pero jamás podré ver en él el posible amor de mi vida. Douglas es bueno, es cariñoso, me quiere; pero yo, mi gran temperamento que se oculta tras una sonrisa de indiferencia necesita algo más fuerte, más violento.»

—Seguramente podremos coger este autobús —comentó él—. ¿Quieres tomar algo en ese bar mientras llega?

—Gracias. No merece la pena. Míralo, allí aparece. —Consultó el reloj—. Es muy tarde, amigo mío. Hoy tendremos que aguantar las ironías de la enfermera-jefe.

—No la soporto. ¿Y tú, Ivonne?

—La tengo aquí. —Y cómica señaló la garganta.

Llegó el autobús. Se acomodaron uno al lado del otro.

—¿Quieres fumar, Ivonne?

—Bueno.

Encendieron sendos cigarrillos y la joven expulsó con voluptuosidad una gran bocanada, entre cuyas volutas su rostro quedó casi oculto.

—Ayer estuve de guardia, Ivonne. Te aseguro que no había quién soportara el genio del director. Despidió a dos enfermeras, maltrató al portero y después se lió a reñir con los médicos. —Hizo una pausa y añadió interrogante—: Dime, Ivonne, ¿qué concepto te merece Hans Keibert?

La joven apretó los labios sutilmente. Luego movió los ojos dentro de las órbitas y al fin sus labios dibujaron una vaga sonrisa.

—Nunca me he detenido a pensarlo. Pero me gustaría saber qué piensas tú de él.

—Nada que le favorezca. Creo que todos le odiamos un poco. Hay que reconocer que el doctor Keibert, además de mundialmente famoso, es cruel. El otro día una señora mal trajeada, con los ojos hinchados de llorar, solicitó una entrevista. Tú sabes que para llegar a su despacho hay que hacer números, ¿no es cierto? Pues bien, aquella mujer era de una belleza sorprendente, aunque sus ropas desmerecieran un tanto dicha hermosura. El doctor Keibert se negó a recibirla. Dijo que su secretaria se encargaría de ella. Pero luego, al salir y verla a través de la ventana, consintió súbitamente en atenderla. ¿Adivinas los motivos?

Ivonne cerró los ojos. Las volutas ascendían suavemente, y la muchacha bendijo interiormente aquella casualidad que ocultaba el fulgor extraño de su mirada.

—¿Y después? —preguntó con un hilo de voz.

—Después... ¡Bah! Yo fui el encargado de conducirla de nuevo a la calle. Y me lo contó.

—¿Qué te contó?

—Lo de siempre. El doctor no podía en forma alguna atender a su marido enfermo porque precisaban un certificado para entrar en la sala destinada a los pobres, y ella no podía obtenerlo debido a su calidad de extranjera. En cambio, sí podía entrar en la sala de pago tras haber transcurrido quince días. Pero la dama no disponía de medios para abonar al doctor la crecida cantidad que habitualmente exige a cambio de una operación difícil. Tú sabes, Ivonne, como lo sabemos todos, que el doctor Keibert es un genio con el bisturí. He visto despojos humanos convertidos en seres maravillosos en el corto espacio de unos días. Pero si aquel hombre o mujer penetraba en el sanatorio con la bolsa llena, salía con ella vacía, aunque su rostro dejara de ser una monstruosidad. Todos reconocemos la inteligencia de nuestro director, pero le falta humanidad. Para él no existe la compasión ni el deber. Sólo el dinero, la fama amasada con montones de dólares. ¡Bah! Me gustaría ser médico para librar a la humanidad de tanto indeseable.

Ivonne había terminado el cigarrillo y tiraba la punta manchada de rojo por la ventanilla abierta. Luego, al detenerse el vehículo, saltó al suelo precedida de Douglas. Aún faltaba un buen trecho antes de llegar al sanatorio, y los jóvenes apresuraron el paso.

—Ivonne, aquella dama no me ha dicho nada al respecto, pero yo intuí algo en el mirar apagado de sus hermosos ojos —añadió el muchacho, cogiendo el brazo de la joven—. Casi puedo jurar que Hans Keibert exigió algo, aunque no fuera dinero, a cambio de la operación, y la dama se lo negó, ¿comprendes?

—¡Oh, querido, calla, por favor! Eso que insinúas es monstruoso.

—Por supuesto, mas es la pura verdad, la absoluta verdad, Ivonne. Mira, ya hemos llegado —añadió bajito—. ¿Te veré esta noche al marchar?

—Creo que tengo guardia.

—Entonces te esperaré. No me agrada que andes sola por estos lugares a altas horas. El último autobús pasa a las dos de la madrugada.

Se estrecharon las manos y cada uno subió por escaleras diferentes.

El sanatorio hallábase enclavado en medio de un parque extensísimo. Era blanco como copo de nieve. Grande, alargado y cuajado de ventanas apaisadas a lo largo de las cuatro fachadas. Estaba circundado por una tapia alta e imponente y los convalecientes se movían por el parque uniéndose a los blancos uniformes de las enfermeras que los atendían.

Ivonne dejó la gabardina en su departamento y se puso el uniforme. Cambió algunas impresiones con sus compañeras, y luego salió al pasillo aún sujetando la cofia.

—Ivonne, ve al despacho de la enfermera-jefe. Preguntó por ti hace cosa de media hora —dijo una compañera al cruzarse con ella en el largo pasillo.

Ivonne sintió un golpecito en el corazón.

«Me reñirá de nuevo —pensó—. Dirá que soy así, y andando, añadirá después que soy demasiado orgullosa y elegante para hallarme supeditada a ella.»

Atravesó el pasillo. Numerosas puertas blancas se alineaban a ambos lados. Ivonne no miró a parte alguna. Caminó recta y tocó con los nudillos en una puerta de enfrente.

—Adelante.

Como siempre, la voz de la enfermera-jefe era dura y áspera. La voz de una persona acostumbrada a vivir diariamente entre el dolor y, a causa de esta habitual convivencia, ajena a las amarguras humanas.

La figura exquisita de Ivonne, más exquisita cuanto más blanca, se perfiló en el umbral. Tras su mesa, un rostro enjuto y feo se elevó.

—Pase usted por el despacho del director —dijo fríamente—. Y en lo sucesivo recuerde que a las tres debe estar en el sanatorio. —Miró el reloj—. Ha llegado usted con media hora de retraso.

—Lo siento, señorita Vernay.

—¡Lo siente! ¿Es que es tan pobre su vocabulario que jamás acierta a encontrar otra frase más expresiva?

—No es mía la culpa —añadió Ivonne con humildad—. El autobús tiene sus horas fijas.

—Haber venido en el anterior.

Ivonne irguió el busto casi imperceptiblemente. Una honda rebeldía se alzaba en su corazón.

—He velado hasta la madrugada, señorita Vernay. Justo es que haya descansado unas horas. De haber venido en el autobús anterior habría llegado aquí a la una en punto de la tarde y mi obligación hoy no comienza hasta las tres.

—Debió comenzar a las tres. Ahora son ya las tres y media —rectificó la enfermera-jefe con acritud—. Por otra parte, tiene usted unas piernas jóvenes, pudo venir andando.

—Son seis kilómetros —comentó Ivonne, mordiendo su rabia—. Estoy bastante cansada, señorita Vernay, para caminar durante dos horas, y lloviendo.

—Bien, retírese usted. Acuda al despachos del director y mañana procure llegar puntualmente. De no existir de por medio un contrato, hace mucho tiempo que la hubiese despedido.

Ivonne hinchó el pecho. Quizás iba a protestar, pero los ojos fríos de la enfermera-jefe se clavaron en ella, y la voz sonó cortante:

—Le he dicho que se retire. Buenas tardes.

El despacho era amplio, largo. Las paredes estaban atestadas de libros, dos sillones al fondo, un sofá de terciopelo rojo y una mesa grande en mitad de la estancia. Tras aquella mesa se hallaba el doctor Hans Keibert. Los ojos muy azules, la tez cetrina, los cabellos negrísimos, sin ondas, sin fijador, pero crespos, enmarcaban la faz hermosísima de dios griego. En aquel instante departía con uno de sus médicos. Éste era joven, bien parecido y tenía en la mano un documento.

—No sirve —rechazó el doctor Hans sin inmutarse—. Y como no sirve, que lo arreglen y venga otro día. Hoy tengo mucho trabajo, Sidney.

—Es grave, señor.

—Yo me estoy muriendo —comentó Hans con absoluta indiferencia—. ¿Quién se compadece de mí?

—El señor director bromea.

—¡Oh, sí, tengo aspecto de bromear constantemente! ¡Buenas tardes, Sidney!

No, Hans ciertamente no tenía aspecto de bromear, había algo terrible en sus ojos profundos, ásperos. Su rostro, de facciones endurecidas, pero indescriptiblemente hermosas, parecía aquella tarde más indiferente que nunca. El joven galeno comprendió la inutilidad de insistir. Cogió el documento, inclinose levemente y se dirigió a la puerta.

—Procura no venirme más con esas encomiendas —dijo Keibert antes de que la puerta se hubiese cerrado. Después se acomodó mejor en el sillón giratorio y encendió un habano.

Fumó con fruición. De súbito, como si recordara algo, abrió el dictáfono y preguntó:

—¿Es que no ha venido esa muchacha, señorita Vernay?

—Estará con usted al instante, señor director.

Fumó con placer. Era un hombre sumamente interesante, aunque su estatura no pasara de lo corriente. Mas había algo en su rostro que desvanecía aquella carencia de tipo imponente. Sí, Hans Keibert no era alto, ni elegante, pero vestía con soltura un tanto desdeñosa y ello contribuía a borrar aquel pequeño defecto, si es que era defecto en realidad. Vestía invariablemente un traje gris de franela oscura, camisa blanca y corbata negra. Hans no guardaba luto por nadie, pero un día, hacía muchos años, se puso aquella corbata, se encontró a gusto con ella, habituose a su color y desde entonces jamás tuvo la más leve intención de ponerse otra. Por eso quizá llamaba la atención su indumentaria. Vestía siempre igual y ello hacía que se fijaran en él no sólo por su carrera brillante, sino por su originalidad.

Tocaron suavemente en la puerta y Hans incorporó el busto. Los labios gruesos, muy rojos y húmedos, propios del hombre sensual que vive constantemente hundido en los placeres, se entreabrieron en una sutil sonrisa. No se movió. Ordenó que entrase con voz profunda y bronca, y la figura de Ivonne se recortó en el umbral.

Jamás como en aquel instante había parecido tan frágil y femenina. Era bella, con una belleza serena y reposada, llena de distinción. Hans, habituado a perfeccionar facciones humanas, se dijo que nunca, en todo el transcurso de su carrera, había visto cara como aquélla. Ni labios como aquéllos, que incitaban al beso, ni ojos como los de la inconmovible Ivonne Fossey.

—Pasa —ordenó sin dejar de mirarla.

Un ojo del doctor Keibert, el izquierdo para ser más exactos, tenía cierto tic nervioso. Se cerraba y se abría constantemente y ello ponía más nerviosa si cabe a la joven enfermera.

También es cierto que aquellas pupilas masculinas producían en Ivonne, en la ecuánime Ivonne, un sobresalto indescriptible. Las había sentido clavadas en su rostro constantemente, haciéndole daño, desnudándola, acariciándola. La boca jamás había dicho nada, pero la bella enfermera lo temía a cada momento. Ahora se hallaban frente a frente y la muchacha no dudó de que el momento temido estaba allí, rozándola ya.

—Bien —continuó Hans, muy cerca de ella ya—. ¿Quieres tomar algo?

—Gracias, señor. He venido a...

—Te mandé llamar.

—Espero me indique lo que desea de mí. He de reintegrarme a la sala K dentro de unos instantes.

—Estando conmigo no tienes necesidad de ir a parte alguna. He ordenado que otra ocupe tu lugar.

Ivonne dio un paso atrás.

—Señor...

Hans dio otro hacia delante, después otro, y otro...

—¿De qué vives? ¿Con quién vives? —preguntó—. Hace tres meses que llegaste aquí recomendada por no sé quién. No tenía necesidad de personal, pero tú eras una chica bella y me agradó tu forma de mirar.

—Señor...

—Bien —continuó Hans, muy cerca ya de ella—. ¿Sabes para qué te he mandado llamar? Pues para algo muy interesante. Pienso hacer mucho por ti. Espero que esta noche, cuando salgas del sanatorio, ocupes un lugar en mi coche. Me complacerá llevarte hasta tu casa.

—Lo siento, señor —repuso Ivonne, domeñando su rabia y su humillación—. Me esperará un amigo e iremos a pie, si no cogemos el autobús de las dos de la madrugada.

—¡Ah, un amigo! Bien. Os llevaré a los dos.

El pecho de Ivonne se hinchó. ¿A los dos? Evidentemente no era tan malo como decían. Si consentía en llevarlos a ambos, a Douglas y a ella, es que no esperaba gran cosa de aquella intimidad.

—¿Necesitaba decirme algo más, señor director?

La boca de Hans, aquella boca que parecía formada para el beso, se atirantó un tanto. El ojo izquierdo parpadeó varias veces en un solo instante.

—Por supuesto, pero te lo diré en otra ocasión. Espero que no tengas inconveniente alguno en cenar conmigo mañana por la noche.

—Lo siento, señor.

—¿Por qué?

—Una enfermera es muy poca cosa para cenar en compañía de un personaje como usted.

—¡Bah! Eso son tonterías. Te iré a buscar a las nueve en punto.

Ivonne se revolvió inquieta. Miró en todas direcciones, como queriendo escapar de aquellos ojos que la taladraban, y al fin dijo sin mirarle:

—No acostumbro a cenar con hombres desconocidos.

—¿Desconocidos? Yo soy tu amigo.

—No he dicho yo otro tanto, señor. Usted es mi superior, pero no mi amigo.

—¡Oh! —comentó Hans, cansándose de aquel tiroteo de palabras inútiles—. Eso son tonterías... No sólo pretendo ser tu amigo, jovencita. Aspiro a ser mucho más. Y lo serás, ¿sabes? De cualquier modo que sea, lo serás. Nunca he deseado algo que no lo alcanzara. —Sonrió pálidamente, con ironía, y añadió bajando la voz—: Tú eres una mujer bella y necesitas un hombre como yo. Espero que no seas demasiado tonta. Lo que estoy proponiéndote, me lo habría dado sin titubeos cualquiera de tus compañeras.

Ivonne se irguió cuan alta era. El momento temido había llegado y, sin alteraciones fuera de lugar, estaba dispuesta a rechazar la proposición del doctor millonario.

—Creo que hará usted muy bien en dirigirse a esas compañeras que asegura no le rechazarán.

—Desde luego que lo haría si me interesaran. Pero lo lamentable es que a mí sólo me interesas tú. Me has interesado desde que pisaste el césped del parque y te vi desde esta ventana. Has de ser tú, Ivonne Fossey; espero que no te rebeles. Eres algo absolutamente mío, como las salas del sanatorio, los enfermeros, los médicos y casi los enfermos, a quienes puedo mandar cuanto se me antoje.

—Se equivoca usted. Cumplo aquí con mi obligación y no tengo otra cosa que hacer. Sólo Dios nuestro Señor tiene derecho sobre mí, señor director. Se lo digo ahora para que no insista usted.

—¡Oh, qué tontería! —mofose Hans sinceramente, cansado de la polémica—. Es posible que con paciencia llegara a conseguirte, pero no tengo paciencia, ¿sabes? Me gustas mucho y te..., te deseo como jamás he deseado nada. Así pues, esta noche a las dos te llevaré a casa. ¿Dices que vas con un compañero? Bien, os llevaré a los dos, pero mañana cenarás conmigo.

Ivonne, muy pálida, nerviosa, intranquila, movió la cabeza de un lado a otro, denegando.

—En ese caso dejaré el sanatorio ahora mismo, señor director.

—No podrás —rió él, inclinándose mucho hacia ella—. Existe un contrato de por medio y estás obligada a cumplirlo durante cinco años mientras el director no determine lo contrario, y la verdad es que por ahora no me interesa determinar nada con respecto a ti, excepto lo que ya he dicho.

Ivonne dio un paso hacia atrás y después otro. Tocó con la espalda en la puerta y miró por última vez al hombre, que no se había movido para impedir su salida.

—Ruego a usted, señor, que desista de perseguirme. Jamás, ¿me oye usted bien, Hans Keibert? Jamás seré eso que quiere hacer de mí. Se lo juro por la memoria de mi padre, que era médico también y un caballero; antes prefiero morir que descender un átomo en la estimación que tengo de mí misma.

—Muy bonitas palabras —rió Hans, sin inmutarse—. Pero la vida es larga y las mujeres blandas. El dinero es muy hermoso, Ivonne Fossey, y yo pongo bajo tus pies todo lo que tengo. O en tus bellas manos, como quieras mejor.

—Desprecio su capital, señor Keibert. Nunca he sido millonaria ni me interesa serlo, la verdad. Yo le juro, para su tranquilidad y la mía, que no saldré del sanatorio, mas sí le juro también que es inútil cuanto haga para vencerme.

Ahora la sonrisa de Hans se acentuó. Su rostro endemoniadamente bello relajóse un tanto e Ivonne se estremeció.

—Tal vez si te pidiera que fueras mi mujer, accederías al instante.

La joven volvió a estremecerse. Pero Hans haría muy mal en suponer que aquel visible estremecimiento lo motivaba el placer. Ivonne experimentaba honda repugnancia hacia aquel hombre que creía ciegamente que todo puede alcanzarse con dinero. Su corazón sólo podría conseguirlo otro corazón. El tiempo se encargaría de demostrárselo al hombre ahíto de placeres.

—Se equivoca usted —dijo ella sonriente—. Ni todo el oro del mundo podría esclavizarme. He de amar algún día y no me importa verme precisada a trabajar para ayudar a mi marido, pero con cariño. ¿Sabe usted? Con cariño. Con imposiciones, nada. Soy rebelde por naturaleza. Y usted es el único hombre a quien estoy segura de no amar jamás.

Hans lanzó una risita ahogada, plena de desdén. Por supuesto, no creía en la firmeza de aquellas frases, ni siquiera en su sinceridad. Tenía de la vida y del honor un concepto muy diferente al que demostraba tener aquella joven, y consideraba con absoluta precisión que a la corta o a la larga el corazón de Ivonne Fossey sería cera blanda en sus manos.

—Muy bellas palabras —observó fríamente—, pero da la casualidad de que no estamos viviendo una comedia. Es la propia vida la que tenemos delante, linda Ivonne, y como seres humanos que somos, no debemos despreciarla. Vete, a las dos de la madrugada iré hacia mi casa, te llevaré en mi coche y mañana cenarás conmigo. La verdad es que jamás deseé cenar con una de mis enfermeras. Pero tú eres diferente. Hay algo en ti, algo que no sé explicarme, distinto a las demás mujeres. —Se inclinó un poco hacia delante y sonrió de aquel modo peculiar en él, mezcla de ironía y placer—. Admiro el color de tu pelo leonado, el mirar de tus ojos soñadores y las líneas de tu cuerpo joven.

Ivonne tapose los oídos y como enloquecida abrió la puerta y se deslizó fuera, sintiendo que se ahogaba. Atravesó el pasillo como una exhalación y aún oyó la risa irónica de aquel hombre que, indiferente, con un habano colgando en la boca y una burlona mirada en sus profundos ojos, quedaba allí, quieto y mudo, en medio de la lujosa estancia.

Dos

Trabajó todo el día como una autómata. Consoló tiernamente al enfermo que le correspondía en la sala K, amortiguando sus dolores, y cuando a las dos menos cuarto le llegó el relevo, salió al pasillo con los ojos hinchados de llorar, la tez pálida y el semblante descompuesto.

—¿Dónde está Douglas, Mary? —preguntó a una de sus compañeras, mientras se cambiaba el uniforme por el traje de calle.

—¿No lo sabes? Ha sido destinado a la sala B, y hará la guardia hasta mañana a las ocho en punto. Se han realizado tres operaciones esta noche y el director le ordenó ocupar el lugar de un compañero que se ha puesto enfermo súbitamente. Si corres, aún puedes alcanzar el autobús que pasa dentro de unos instantes.

Todo estaba en silencio. La conversación se llevaba a cabo en un susurro. Oyendo la voz de su compañera, Ivonne empalidecía cada vez más. El mundo era malo, malo; y los hombres egoístas mucho más malos aún. Sintió en aquel instante una ira tal que de buen grado, si diera gusto a su temperamento, hubiese atravesado todas las salas hasta llegar al despacho del director para afear con rudas palabras su abominable conducta. Obligaba a Douglas a ocupar un puesto que no le pertenecía sólo por el hecho de apresarla a ella, a ella sola en el interior de su coche dispuesto quizás a destrozar su honor y su juventud, que lejos de él era exuberante y a su lado se destrozaría como una simple flor arrancada de su tallo antes de tiempo.

—¿Te pasa algo, Ivonne?

—Nada, Mary. Correré hacia el autobús y procuraré alcanzarlo. Pero tengo un poco de miedo, ¿sabes? El trecho que he de recorrer es muy oscuro.

—Di al portero que te acompañe. Ahora está Jim en la portería.

Salió corriendo y bajó de dos en dos las escalinatas. Se disponía a atravesar el parque cuando una figura masculina surgió a su lado. Aquella figura la cogió por el brazo y le hizo dar una vuelta en redondo.

—No corras —murmuró Hans, con acento ahogado—. El autobús acaba de pasar. Te has entretenido demasiado. Ven, tengo el auto aquí.

Se sacudió enloquecida. Estaba más bella que nunca bajo el terror indescriptible que la dominaba en aquel instante.

—Déjeme —suplicó con los ojos húmedos alzados hacia él—. Debo ir a pie si es que pasó ya el autobús. No me obligue usted a odiarle intensamente. Nunca he odiado a nadie y sentiría..., sentiría...

Hans Keibert sujetó el brazo femenino y la empujó blandamente hacia el auto acharolado, largo y bello, que esperaba junto a la gran verja.

—No seas tonta. Nada te pasará a mi lado.

Se vio impulsada por una fuerza superior a la suya y hundida en el muelle asiento de un lujoso vehículo. Lo vio a él, como a través de una neblina de sangre, sentarse ante el volante, y el auto rasgó con sus faros la densa oscuridad de la noche.

Por un momento un silencio denso y pesado los envolvió. Ella, frágil, bonita, con los ojos mirando aterrados hacia la noche, permanecía quieta, callada... Las finas y largas manos de él seguían aprisionando la rueda del volante...

—Lamento que seas una jovencita tan sensible, Ivonne.

—Oh, señor. Nunca le perdonaré la faena de esta noche. Douglas debía acompañarme y usted... y usted...

—Douglas no es el hombre que te conviene —repuso él sin inmutarse—. Por otra parte, no fue culpa mía el que esta noche surgieran tres operaciones... Había escaso personal en el sanatorio, Ivonne, y fue preciso echar mano de alguien.

La joven no respondió. Iba acurrucada en una esquina del auto y miraba obstinadamente la carretera salpicada de agua.

—No pienso causarte daño alguno —dijo él de pronto con voz queda—. Te he elegido para hacerte feliz, puedes tenerlo por seguro. No creas tampoco que esto es un capricho, es más bien una necesidad. Jamás he encontrado mujer que reuniera tan buenas cosas como tú. Eres bella, joven, virtuosa e inocente. Tantas virtudes juntas no se encuentran todos los días en cualquier rincón.

Ivonne levantó el rostro. Lo miró. ¿Cuántos años tendría Hans Keibert? Tal vez 33 o más, a juzgar por la arruga que surcaba su frente. Era una arruga honda, plegada obstinadamente, rompiendo la estética de la frente pensadora y antojadiza. Retiró los ojos y volvió a clavarlos en la carretera que recorrían sin prisa.

—Mete la mano en el bolsillo de mi americana, Ivonne, saca un cigarrillo y pónmelo en los labios. Tienes que ir poco a poco habituándote a mis costumbres.

—No lo haré, señor. No tengo intención alguna de habituarme a costumbres que no continuaré.

—¡Hazlo, Ivonne!

La joven se estremeció bajo el poder extraño de aquella voz, la voz que todos temían en el sanatorio. Como impulsada por una fuerza superior, hundió la mano en el bolsillo del traje de franela gris oscuro y extrajo una pitillera de oro.

La boca de Hans se entreabrió.

—Enciéndelo en tu boca y pónmelo después en la mía.

Ivonne sintió que algo ardiente recorría su cuerpo, pero impotente hizo lo que le mandaba. Sus dedos, al poner el pitillo en la boca masculina, temblaban perceptiblemente. Hans, con súbita decisión, cogió aquellos dedos, los apretó entre los suyos y después, sosteniendo la mano femenina, aplastó sus labios en la palma palpitante, muy fría.

El auto se detuvo y Hans aprisionó las dos manos. Eran unas manos largas, suaves, de dedos largos y finos, llenas de personalidad.

—Algún día me acariciarás con ellas —dijo—. No pienso exigirte nada, Ivonne —añadió quedamente, hundiendo su mirada a través de la oscuridad en los bellos ojos húmedos que, como hipnotizados, se clavaban atraídos por los suyos—. Jamás he tomado una mujer a la fuerza. Tú sola, por tus propios pasos, vendrás a mí. Y para que no te cueste trabajo, te acompañaré siempre, siempre, y poco a poco irás habituándote a mis costumbres. No pienso casarme contigo —prosiguió con naturalidad—. No tengo madera de casado. Por otra parte, me he casado una vez y he recibido una grave experiencia. Ella murió, gracias a Dios, y me dejó dueño de mi propia persona. Es doloroso casarse joven y no ser comprendido.

Ivonne aspiró hondo. Miró la fachada de su casa y se dijo que siglos habían de parecerle los minutos que tardara en traspasar el umbral del coquetón pisito de tía Martha.

—¿Me has oído, Ivonne? Irás habituándote a mí y cuando menos lo esperes te habrás enamorado, ¿no es cierto?

La joven negó con la cabeza una y otra vez. Estaba bellísima en aquel instante. Bella y espiritual como ninguna otra mujer, y Hans, casi sin proponérselo, sintió el vago escozor de que jamás aquella joven, distinta a todas las que había tratado hasta entonces, sería enteramente un objeto de su pertenencia.

—¿Me has oído? ¿Por qué niegas?

—Porque no me conseguirá usted. Es mejor que desista esta misma noche. Odio las imposiciones.

—¿Imposiciones? Yo no te impondré deber alguno, Ivonne. Es la pura verdad. Pienso enamorarte. Entretanto no te exigiré nada, ¿comprendes?

Lo tenía muy cerca. Un simple movimiento por parte de ella y quedaría prendida en el dogal avasallador de sus brazos. Pero Ivonne no tuvo intención alguna de hacer aquel movimiento. Verdad es que a ella jamás le seduciría la fama de Hans Keibert, ni su dinero, ni su belleza masculina, ni su fama de hombre mundano y galante. Aunque en aquel instante Hans le pidiera que fuera su esposa, Ivonne no accedería. Sentía repugnancia hacia

Hans, una repugnancia instintiva, extraña, motivada quizá por la sensualidad enfermiza de aquel hombre que no era sano ni siquiera cortejando a una mujer. Y ella era apasionada, sí, extraordinariamente apasionada, pero con un apasionamiento espiritual y razonable.

—Repito que pierde usted el tiempo, señor director. Se lo advierto ahora para que después no me lo reproche. Podría ofenderme terriblemente a causa de lo que me ha dicho, pero no pienso hacerlo. Sólo quiero hacerle ver que de ningún modo, ni en ninguna circunstancia, seré su amante, si es eso lo que usted pretende de mí. Y para desvanecer cualquier duda que pudiera surgir respecto a mis aspiraciones de mujer, quiero añadir algo más. Tampoco sería su esposa aunque me lo pidiera. Si existe algún hombre a quien yo no amaría jamás, usted es uno ellos —abrió la portezuela y puso un pie en el estribo—. No, señor Keibert —añadió bajito, pero intensamente—, no me deslumbra su dinero ni su fama ni su hombría. Soy joven, quiero amar y lo haré en la persona de un hombre noble, honrado y cariñoso. Y debo advertirle también que no me importará que no tenga montones de dinero. Basta con que tenga corazón y me lo entregue. —Aspiró hondo. Hans, sugestionado, alargó la mano para alcanzarla, pero Ivonne ya estaba de pie en la acera—. Muchas gracias por haberme traído. No esperaba tanta gentileza por su parte. Ah, y no venga a buscarme esta noche, porque no cenaré con usted.

—Escucha...

Ivonne penetraba en el portal. Desde allí agitó la mano y desapareció. Por un instante, Hans quedó desconcertado. Después encogió los hombros, soltó los frenos y el automóvil, majestuoso y lento, se deslizó calle abajo en dirección a su piso, enclavado al otro lado de la ciudad.

Tres

Claro que no fue a cenar con él. Vio el auto detenido en la calle y oyó claramente la bocina, pero Martha no se hallaba en casa e Ivonne pudo hacer burla de la llamada.

Sin embargo, no esperaba tanta audacia por su parte. Dejó de oírse la bocina y llamaron a la puerta. A Ivonne no se le ocurrió asociar la llamada al propio Hans. ¿Por qué había de hacerlo si no tenía motivo que lo justificase?

Abrió ella misma. Martha y la asistenta habían ido al rosario. Aún tardarían en llegar, pero Ivonne pensó si sería la vecina u otro cualquier inquilino de la casa. Abrió, pues, sin titubeos de ninguna clase. Vestía una simple bata de casa sin mangas, muy escotada, y se peinaba con sencillez. Era la estampa viva de la juventud, y el hombre, al contemplarla, parpadeó nervioso una y otra vez.

—¡Usted! —exclamó la joven, atragantada.

El doctor Hans traspasó el umbral sin dudarlo un instante.

—Un nido muy digno de ti —comentó mirando a todos lados—. Me agrada verte en la intimidad del hogar.

—Lamento no poder ofrecerle un asiento.

—¿Que no puedes? No te preocupes. Me sentaré sin que me lo ofrezcas.

Y sin más preámbulos se dejó caer en un cómodo sillón en el reducido pero coquetón vestíbulo.

—Fumaré un cigarrillo mientras te preparas.

Ivonne cruzó los brazos sobre el pecho. Tenía el pelo largo y sedoso, recién cepillado. Se había levantado tarde y hasta las once no le correspondía reintegrarse al sanatorio. Sin retoque en el rostro, sin pintura en los labios, recién lavada y peinada, parecía ciertamente una chiquilla. Los ojos expertos del famoso doctor se clavaron ávidos en aquella estampa juvenil. ¿Desde cuándo Hans deseaba a Ivonne Fossey más que nada en el mundo? Desde hacía tres meses. Desde el instante en que la vio traspasar los muros del sanatorio, desde que después contempló sus bellas manos propias para acariciar, y más tarde aquel deseo se había hecho enfermedad tras de haberla oído negarse. Negarse a él cuando otra mujer cualquiera hubiera deseado ser su amiga. ¿De qué madera estaba hecha aquella joven?

—No pienso prepararme, señor —repuso Ivonne, con naturalidad, sin alterarse un ápice—, porque tampoco pienso acompañarle. Se lo advertí esta madrugada, para evitar que hiciera usted un viaje en vano. Ha equivocado usted el camino, doctor Keibert. Yo no sirvo para su juego.

—Pero sí servirías para ser mi mujer —rió él desagradablemente.

—Respecto a ello, ya le hablé también. No quiero ser su mujer; y me gustaría que algún día me hiciera usted la proposición sin ironías, para darme el gustazo de rechazarle.

—¿No te gusto?

—No me es usted ni siquiera simpático. Siempre desprecié a los materialistas. Usted es un ser extraordinariamente práctico, yo soy más espiritual. No podríamos ser felices.

—No obstante, mi amor te deslumbraría. ¿Por qué no pruebas?

—Ni siquiera me seduce probar.

Fue hacia la puerta y la abrió.

—Lamento tener que despedirle —observó seria.

Hans la contempló con curiosidad. No admitía sinceridad con respecto a la mujer, pero en aquel instante, Ivonne se lo estaba pareciendo. Y la verdad es que no se explicaba el motivo por el cual aquella joven le desairaba. No tenía dinero, no vivía espléndidamente, sino pendiente de su trabajo; ¿cómo, pues, atrevíase a rechazar con olímpico desprecio el lujo y la riqueza a su lado?

—Te voy a decir algo muy importante, Ivonne. Hoy me iré. Claro que me iré enseguida. Pero antes me escucharás... Son pocas palabras las que tengo que decirte. Aunque tarde un año, dos, diez, yo te conseguiré. No tengo paciencia, pero tú eres un tesoro y vales demasiado para abandonar la presa por falta de paciencia. La tendré, a fe mía, y te conseguiré cueste lo que cueste y duela a quien duela. Aunque en la lucha invierta el resto de mi vida, un día tú serás exclusivamente mía. Te lo advierto ahora para que estés prevenida. Y repito que no habrá estridencia, ni exigiré tu cariño. Tú misma vendrás a mí, por tus propios pasos.

Los labios de Ivonne se entreabrieron en una sutil sonrisa desdeñosa.

—Creo que eso mismo me lo ha dicho ya. Y yo le respondí que estaba usted equivocado.

Se oyeron pasos en el corredor y enseguida la menuda figura de tía Martha apareció en el umbral seguida de la criada. Traían el velo y el libro en la mano y la dama, menuda pero distinguida, miró al caballero y luego a su sobrina.

—Es un amigo que venía a buscarme para cenar con él, pero no tengo deseo alguno de salir ahora —explicó la joven nerviosamente.

Después miró al doctor, que la contemplaba con curiosidad, y añadió bajito:

—Mi tía Martha.

Galante, Hans estrechó la mano de la dama; después, envolvió a Ivonne en una larga e indefinible mirada y se dirigió a la puerta.

—Vendré mañana a buscarte para dar un paseo, Ivonne —dijo con cierta ironía, despidiéndose.

Ivonne cerró la puerta. Al dar la vuelta encontró los ojos interrogantes de su tía.

—¿Por qué no has ido? Hasta las once no tienes que volver al sanatorio.

—Prefiero permanecer en casa.

—No me gusta el mirar de ese hombre, Ivonne. ¿Es acaso un médico del sanatorio?

—En efecto.

—La hija de un hombre noble y honrado debe elegir bien las amistades y no perder jamás la cabeza, ¿eh, Ivonne?

—Por supuesto, tía Martha.

La dama, pensativa, se fue en dirección a la cocina donde la esperaba ya la criada. E Ivonne permaneció con la frente pegada al cristal, pensando que le gustaría amar intensamente a un hombre menos egoísta y cruel que el doctor Keibert. Por supuesto, a éste no le amaba ni le amaría jamás. Pero Ivonne tenía infinitos deseos de entregar su ser a un solo amor.

A las doce en punto la enfermera-jefe la envió al quirófano. Estremeciose. Sabía que él estaba allí practicando una operación o a punto de empezar.

Y ella deseaba verse lejos, muy lejos de aquellos ojos azules que al mirarla parecían desnudarla por completo.

No obstante, su deber era acudir y acudió. Había dos enfermeras, un practicante y tres médicos, ninguno de los cuales era Hans. Suspiró como si se desahogara.

—Pase usted, señorita Fossey —dijo una voz tras ella—. Alcánceme la toalla, por favor.

Estaba allí, rozándola con su aliento. Dio la vuelta en redondo y encontró los ojos rabiosamente azules que la desnudaban.

«Se burla de mí —pensó angustiada—, sus ojos parecen decirme que me vencerá por encima de todo y de todos. ¿Por qué? ¿Por qué continúo aquí?»

—Deme la toalla.

Se la dio. Sus manos quedaron prisioneras, y a través de la felpa, la joven sintió el contacto de aquellas otras, masculinas, que tanto la turbaban.

«Nunca, jamás podría soportar que esas manos me acariciaran —se dijo experimentando un escalofrío de repugnancia—, nunca este hombre será el compañero de mi vida. Jamás podría aceptar con placer una caricia de él.»

—¿A qué hora sales? —preguntó la voz queda, inclinándose hacia ella.

Ivonne colgó la toalla y después le presentó la bata. Él se la puso pero dio la vuelta rápidamente.

—¿No le abotono? —preguntó ella con naturalidad.

—Déjalo. Ya lo hará otra. A ti quiero mirarte de frente.

La muchacha dio un paso atrás.

—¿A qué hora sales?

Ivonne retrocedió por completo y se reunió, jadeante, con sus compañeras.

—¿Qué te pasa? Estás temblando —dijo Mary, mirándola con curiosidad.

La voz de Hans se elevó brusca y cortante.

—Preparados —dijo.

Dos enfermeros, vestidos completamente de blanco, transportaron al enfermo y lo depositaron en la mesa de operaciones. Luego, durante muchos minutos, no se oyó en la estancia otra voz que la de Hans, quien de vez en cuando pedía algo. A su lado, Ivonne contemplaba la agilidad de sus manos, que sin un átomo de vacilación hundían el bisturí en la carne enferma y rasgaban sin piedad. Admiró su entereza y maestría, y sintió por un instante que Hans Keibert era más que un simple ser humano: era un genio o un sabio. Pero al recordar de nuevo al hombre en sí, al hombre práctico y egoísta que anteponía el poder a todo otro sentimiento, su admiración hacia él cesó de repente.

Una hora después se hallaba sola camino de la sala K, donde estaba el enfermo a quien había de velar, cuando una voz la llamó. Quedó envarada en medio del largo pasillo. Una compañera pasó por su lado llevando en el brazo un montón de toallas recién planchadas.

—Te llama el director, Ivonne —dijo con naturalidad.

Ivonne ya lo sabía, y sabía también lo que quería; por eso, rebelde, se mantuvo indiferente, quieta, con la espalda vuelta hacia la puerta de donde había salido la voz.

—Señorita Fossey, la estoy esperando.

Dio la vuelta en redondo y con los ojos brillantes por la rabia traspasó el umbral de aquel departamento que era exclusivamente del uso del director.

—¿Qué desea de mí, señor?

—Pasa y cierra la puerta. Este frío endemoniado me entumece hasta los huesos.

La estancia era, ciertamente, muy acogedora. Grandes y mullidos sofás ofrecieron a Ivonne un callado y cómodo refugio. Pero no fue hacia ellos. Se mantuvo quieta en el umbral y recorrió con los ojos casi cerrados todo el conjunto. Una mesa en medio, muy bajita, y sobre ella un servicio de café. Dos sillones tapizados de verde, un sofá y un canapé al fondo. A la derecha, enfrente de la puerta, la chimenea, encendida despidiendo un calorcillo reconfortante. El hombre se hallaba hundido en el diván junto a la chimenea y tenía una taza de café en la mano.

—Pasa, Ivonne. Debo darte algunas instrucciones —rió con ironía—. No sé, Ivonne, pero se me antoja que no vas a verte nunca lejos de mí.

Ella avanzó lentamente, como si le pesaran los pies.

—¿Estás cansada?

—Tal vez.

—Siéntate a mi lado.

Ella se dejó caer en un diván próximo. Aspiró hondo.

—Llena esta tacita de café. Dentro de dos horas deberemos operar de nuevo... Descansaremos entretanto.

—Lo siento. Me esperan en la sala K.

—Ya te han sustituido.

Irguió el busto. Se ahogaba dentro de aquella estancia y cerca de aquellos ojos que la clavaban en el diván como si fueran dardos.

—Está usted consiguiendo que murmuren de mí. Jamás ha sentido usted preferencia por sus enfermeras, por ninguna de ellas, y ahora yo...

Él la hizo callar con un gesto.

—¿Tanto te interesa el qué dirán?

—No es que me interese, es que me perjudica. Debemos vivir para el mundo, más que para nosotros mismos, si queremos recibir la estimación de nuestros semejantes.

—Bien, eres una chica muy inteligente. Pero dejemos eso, es una conversación exenta de personalidad. —Él mismo le sirvió el café y se lo llevó, dejándose caer a su lado. Rozó con sus rodillas las de la joven y la muchacha se separó bruscamente—. Eres una ingenua —comentó él, sin hacer intención de aproximarse nuevamente—. Una deliciosa ingenua. Tenía este ejemplar en mi propio sanatorio y no lo he visto hasta ahora. Bueno, quiero decirte —añadió con voz queda, pero grave— que me has gustado intensamente en el marco de tu hogar tranquilo y honrado. Lástima que seas una chica tan puritana. A mi lado hubieses sido profunda e intensamente feliz. ¿Por qué no pruebas?

—Nunca.

—Bueno, entonces seremos buenos amigos.

—No creo en su amistad, doctor Keibert.

—Cuando estemos solos puedes llamarme Hans. Es un nombre bonito, algo exótico, ¿verdad? Dicen que mi padre era un hombre original.

—No me interesa saber nada de eso —observó Ivonne molesta, al tiempo de ponerse en pie—. Debo volver a mi

36

trabajo, y si en realidad en la sala K hay otra enfermera, me iré a mi casa y no volveré jamás. ¿Por qué no me deja usted en paz? Hay miles de mujeres en el mundo dispuestas a complacerle. Yo nunca serviría para sus caprichos.

Hans también se puso en pie y cogió súbitamente una de sus manos. La llevó a la boca y la besó apasionadamente en la palma tibia y suave. Ella intentó arrancar aquella mano y entonces Hans, acuciado por el desdén femenino, la aprisionó en sus brazos, la estrujó como si fuera una pluma y ávidamente buscó el contacto de la boca que deseaba más que nada en el mundo. Pero no pudo encontrarlo, porque dos manos se clavaron en la estética maravillosa de su rostro y las uñas de Ivonne lastimaron hondamente la piel tostada que, al sentir el contacto de las uñas femeninas, se crispó como si un bisturí hubiese rajado sus carnes.

Jadeante, Ivonne lanzose hacia la puerta.

—Nunca —gimió ahogadamente—, nunca consentiré en que me bese. Jamás he sido besada por hombre alguno y reservo todos mis besos para el hombre que haya elegido mi corazón.

—Maldita —exclamó Hans, acariciando su propia cara—. Algún día te haré recordar este instante para martirizarte.

Ivonne se abalanzó hacia el pasillo. Minutos después, muy pálida, temblorosa y sacudida por la rabia, se encontraba en la sala K, al lado del enfermo a quien debía velar hasta el día siguiente.

Cuando tuvo lugar la operación que él practicó a la madrugada, Ivonne no fue requerida al quirófano. Era un pequeño triunfo, pero no se hizo muchas ilusiones respecto a él.

Cuatro

Era domingo. Hasta el día siguiente, a las nueve de la mañana, no tenía que volver al sanatorio. Mary vino a buscarla para dar un paseo e ir luego a un cinematógrafo. Se vistió cuidadosamente, despidiose de tía Martha y en compañía de Mary se deslizó por la calle, muy animada a aquella hora de la tarde nimbada de un sol invernal, pero reconfortante.

Vestía una falda gris, un jersey verde y sobre ello un abrigo negro de corte impecable.

—Esta madrugada el director preguntó por ti —dijo Mary, cogiendo a su amiga por el brazo—. ¿Sabes, Ivonne, que el doctor Hans Keibert se interesa mucho por una de sus enfermeras?

—¿Lo dices por mí?

—Así es.

—¡Bah! Es un hombre maniático. Desde que supo que mi padre había sido un médico rural, siente deseos de protección hacia mí, pero yo no pienso agradecérselo.

Mary la miró con curiosidad.

—Ivonne, soy bastante mayor que tú y he vivido al lado del director muchos años, siete si mal no recuerdo.

Empecé a trabajar a los dieciséis. Y nunca sentí tanto desprecio hacia Hans como ahora.

Los ojos de Ivonne se agrandaron clavados interrogantes en los de su amiga.

—Me parece que no es sólo el deseo de protección el que lo aproxima a ti, Ivonne. Yo en tu lugar me iría del sanatorio. Hans es un hombre obstinado y suele vencer siempre. Sería lamentable que una joven honrada y bella como tú cayera estúpidamente en su poder. Escucha, Ivonne —añadió sin permitir que la joven interviniera—, para la generalidad, Hans Keibert es sólo un caballero, un auténtico caballero. Si acudes a una reunión mundana y dices que Hans te corteja a ti o a otra cualquiera de tus compañeras, se reirán, sin creerte. Hans es un hombre inteligente, ¿sabes? De una inteligencia sorprendente. En apariencia, y dentro del amplio círculo de su mundo, Hans es un hombre codiciable. Creo que se casaría con él cualquier dama, aunque ésta fuese de la mejor alcurnia. Con esto quiero decirte que Hans, además de admirado, es codiciado como ningún otro hombre. Por eso, Ivonne, no esperes que Hans Keibert se case contigo. Y sería lamentable que de joven y bella te convirtiera en uno más de sus caprichos íntimos.

—No pienso casarme con él aunque me lo pida, Mary —repuso la joven con naturalidad, sin alteración en la inflexión profunda—. Es algo que no podría soportar: la intimidad con un hombre que las damas codician, pero que, sin embargo, a mí me resulta tan repugnante como un reptil. Es mejor que lo sepas ahora, Mary, con objeto de que vivas tranquila.

Mary movió la cabeza, dubitativa. No creía demasiado en la afirmación de Ivonne. Torres más altas habían caído y eran ciertamente mucho más fuertes que Ivonne.

—El oponente es peligroso, amiga mía... No sólo por su posición, sino que también por su calidad de hombre fuerte y obstinado. Fíjate —añadió con vaguedad—, ahora mismo ha sido nombrado inspector general de Sanidad. ¿Crees que lo merece? Tú y yo sabemos que no. Lo reconoce así todo el personal de su sanatorio particular; sin embargo, el Gobierno le concedió ese título y, desde ahora, será una personalidad en la nación y gozará de todos los honores inherentes al cargo. ¿No es cierto? Claro que sí.

Calló. Ivonne, un tanto impresionada por la noticia, parecía haber enmudecido. Mary la contempló en silencio y luego añadió bajito:

—Es un hombre sin alma, Ivonne. Sólo tiene manos y deseos. Las manos le sirven para operar a seres que de la antesala de la muerte él les vuelve a la vida con un pequeño esfuerzo. Hemos de reconocer que como cirujano no existe otro que le iguale, mas no basta sólo esto para ser bueno, pues los deseos los emplea en seducir mujeres indefensas como tú.

La sonrisa de Ivonne se hizo ahora más amplia. Hubo un raro destello de rebeldía en sus grandes ojos soberbios.

—No me considero indefensa, Mary —comentó con intensidad—. Ningún hombre a quien no ame puede considerarme de otro modo. Y Hans ya sabe que no soy una infeliz.

—No obstante, tu juventud...

—No me da derechos para poseer una gran experiencia, Sin embargo, la tengo porque me enseñaron a considerar lo que era conveniente y lo que no. Desde el primer instante se lo dije así al director. Lamento que no me haya hecho caso.

—Con hombres como Hans Keibert no se puede luchar mucho tiempo, Ivonne.

Ésta rió ampliamente y agitó la cabeza de un lado a otro.

—Lucharé hasta la muerte, Mary —dijo obstinada—. Hasta la muerte si es preciso, pero por la gloria de mis padres te juro que Hans Keibert no conseguirá nada con respecto a mí. No me interesa que sea millonario, ni que se halle rodeado de una aureola de popularidad, ni su fama ni su hermosura. Todo lo detesto. —Hizo una rápida transición—: Oye, ¿qué te parece si olvidáramos al doctor Hans y su sanatorio y dedicáramos las horas de este domingo a pasarlo bien? Tengo un amigo que vive en mi casa y me dio dos invitaciones para un baile benéfico. Creo que allí se reúne toda la elite de la ciudad. ¿Por qué no jugamos a ser dos elegantes damitas esta tarde? Sería sumamente agradable.

—Me parece muy bien, Ivonne.

El sol, aunque un poco pálido, no había desaparecido. El recinto, dentro del Tenis Club, resultaba sumamente atrayente. Mary, menos acostumbrada que Ivonne a aquella clase de fiestas, en cierto modo quedó deslumbrada ante el conjunto que formaban la orquesta, la pista, los vistosos modelos de las damas y las apuestas figuras de los caballeros.

—¿Te agrada? —preguntó Ivonne, tocándola en el brazo—. Es agradable, ¿verdad?

—¡Oh, Ivonne, no sé lo que daría por pertenecer a ese mundo espléndido!

—No darías nada. Todo llega a cansar. Cuando mi padre era médico en una pequeña ciudad francesa, yo pertenecía al reducido mundo que estás mirando. Y no me consideraba feliz. Siempre deseamos aquello que no tenemos. Ven, y no pongas esa cara de infeliz. La gente va a creer que jamás hemos pisado un baile selecto.

—Pero ¿qué ven mis ojos? —exclamó una voz atiplada, tras ellas.

Ivonne se volvió en redondo y quedó molestamente asombrada. Allí frente a ella tenía a su tía Janet, la exótica millonaria que nunca perdonó a su padre el hecho de haberse casado con una mujer anónima. Sintió que la dama la besaba en ambas mejillas y después, aun sin proponérselo oyendo la charla atropellada de la cotorra, recordó los sufrimientos de su madre, las iras de su padre ante la intransigencia de la única hermana que a su muerte podría amparar a su hija...

—Estás muy bella, hijita. Ven, te voy a presentar a un grupo de amigos. Creo que nunca has necesitado a tu tía Janet como en este instante.

Ivonne retrocedió un paso. Mary contempló a la dama. Luego a Ivonne y se preguntó íntimamente por qué Ivonne trabajaba en un sanatorio teniendo una tía casi anciana, cargada de dinero. Porque Mary era una chica inteligente y se dio cuenta enseguida de que aquella señora era quizá la primera dama de la fiesta, pese a su pelo blanco, a su rostro rugoso y a su manía de hablar atropelladamente.

—Tampoco hoy te necesito, tía Janet —respondió la joven, indiferente—. Si he de decir la verdad, te necesito hoy menos que nunca.

—Tan orgullosa como siempre —rezongó la anciana—. Bien, de todos modos te llevaré al lado de unas amiguitas mías que te harán un lugar a su lado en una mesa donde venden chucherías.

—Lamento decepcionarte —exclamó Ivonne, invulnerable— , pero no iré.

—Bien. Como eres tan terca como lo fue tu padre, no pretendo insistir. Mas harás muy bien en visitarme mañana. He venido a pasar el invierno a mi casa de Nueva York y deseo verte allí alguna vez.

A última hora ya soy vieja y te necesito.

Ivonne pensó que los seres humanos eran mucho más egoístas de lo que había creído en un principio. Aquella dama, que tenía tantos millones de dólares, jamás se había aproximado a ellos. Ivonne no recordaba que su tía Janet acudiera a su casa a saber si necesitaban algo del poder de su dinero. Y, sin embargo, lo necesitaban. Durante la enfermedad larguísima de su padre, muchas veces tuvo la pluma en la mano para dirigirse a ella en demanda de ayuda tanto espiritual como material, pero tuvo miedo de ofender a su madre y dejó caer la pluma tantas veces como la hubo cogido para solicitar lo que el orgullo de sus padres rechazaba. Y ahora que ellos habían muerto, y que ella vivía relativamente feliz con la hermana de su madre, aquella tía Janet recordaba que era vieja y que necesitaba a su lado un ser joven que la rejuveneciera a ella. Sonrió con ironía, y besando el rostro rugoso de la anciana, murmuró:

—Tal vez vaya por tu casa un día de estos, cuando mi trabajo me lo permita.

—¿Trabajo?

—Naturalmente, tía Janet. Creo que no soy ningún camaleón que viva del aire.

—Tan endemoniadamente irónica como tu padre... Has de admitir conmigo en que es un verdadero desatino que una Fossey trabaje para vivir.

—Qué tontería —refutó Ivonne, indiferente—. El trabajo estimula el apetito y las ansias de vivir. ¿Pretendes acaso que viva como una momia mirando cómo los demás se debaten en la lucha humana para proporcionarme satisfacciones a mí?

Era ciertamente un reproche o más bien una ofensa. Pero se conoce que tía Janet había dejado de ser susceptible, puesto que no se enojó.

—Estás muy hermosa —comentó por toda respuesta—. Tan hermosa como tu abuela cuando tenía tu edad. Eres distinguida y me gustaría que vivieras en mi palacio honrando tu apellido y mi hogar.

—Vivo con tía Martha, en un pisito muy mono —rió irónica—. Cuando murieron ellos, sólo encontré sus brazos. Y te advierto que me siento muy satisfecha de haberlos elegido para mi tranquilidad espiritual.

—¿Es un reproche, Ivonne?

—En modo alguno. Cada uno es dueño de sus actos y tú, por lo tanto, eres dueña de los tuyos.

—No pienso recibirte en mi casa, Ivonne —repuso la dama, con acritud—. Eres una orgullosa y una insolente.

—No pensaba ir, tía Janet, te lo aseguro.

Y agitando la mano se deslizó del brazo de su amiga y dirigióse hacia la verja que conducía a la calle.

—Mira —dijo, señalando un auto acharolado que se hallaba aparcado un poco lejos de los demás—. Ése es el auto de mi tía Janet. ¿Ves ese escudo? Se lo quitaron a mi padre cuando se casó con mamá. Como puedes observar —añadió con indiferencia—, no tengo grandes motivos para admirar a los Fossey.

—Pero esa dama puede ayudarte mucho, Ivonne.

—No necesito su ayuda. Vivo feliz con tía Martha, y tía Janet jamás pudo soportarla. Con la pequeña renta que me asignó el Estado al morir papá y lo que yo gano tenemos suficiente para vivir. Nunca he sido ambiciosa. Por todos los millones que tiene tía Janet, no pienso descender ni un ápice en mi orgullo de Fossey.

Cinco

Aquella mañana hacía un frío imponente. Ivonne, que salía de casa con la gabardina desabrochada, levantó el cuello al abordar la calle e hizo intención de abrir el paraguas.

Pero una sombra se deslizó de un auto y dejó la portezuela abierta de par en par.

—Te estaba esperando —dijo Hans Keibert con naturalidad.

Ella envaró el cuerpo, hizo ademán de retroceder, pero los dedos de una mano fuerte y poderosa la sujetaron con intensidad.

—He dicho que te estaba esperando. Pasa.

Como hipnotizada subió al auto y se dejó caer en el asiento de atrás. Él lo hizo a su lado y retirando la cortina ordenó al chófer que los llevara a almorzar.

—Voy al sanatorio.

—Anuncié a la enfermera-jefe que estaba usted indispuesta. Hoy comerá conmigo en un lugar confortable, señorita rebelde.

—Señor Keibert —murmuró ella, con acento ahogado—, si yo le suplicara que me dejara tranquila, ¿lo haría usted?

—Por supuesto que no.

—Entonces tendré que ser yo quien salga del sanatorio y de la ciudad.

—¿Tanto me temes?

—No es que le tema, pero me tengo en gran estima y no quisiera por nada del mundo que usted me comprometiera. Aparentemente pueden creerse muchas cosas de nuestra... amistad. Y yo debo evitar que mi nombre se vea mezclado en un escándalo.

Hans se inclinó hacia ella. La miró profundamente y con lentitud extrajo un cigarrillo, que encendió en sus labios y después colocó despacio en la boca femenina, que no se rebeló. A todo esto no había dejado de mirarla.

—Nadie sabrá nada, Ivonne. Yo siempre he sido un hombre discreto.

Ivonne tenía sobrados motivos para ofenderse con sólo oír aquellas frases, mas no parecía dispuesta a ello. Sabía tan sólo que nada ni nadie le haría descender un ápice en su propia estimación y permitir que el hombre continuara ofendiéndola cuantas veces quisiera. De todos modos, nada había de conseguir mientras un hálito de vida palpitara en su pecho.

—No me interesa su discreción, señor Keibert. No pienso tener nada en común con usted, nada de lo que pueda avergonzarme, ni nada que puedan reprocharme mis semejantes. Se lo dije el primer día que usted se atrevió a hablarme en ese tono. Se lo repito ahora y lo repetiré cuantas veces sea preciso.

—Me gustaría que te conociera mi madre —rió él, incorporándose de nuevo—. Es una Fossey como tú; aunque existen muchas Fossey, tú tienes algún punto de afinidad con ella.

Por un instante Ivonne cerró los ojos. ¿Una Fossey? Sí, tal vez. Tía Janet era una Fossey también, y sin embargo... Abrió los ojos súbitamente y miró al hombre con fijeza.

—¿Por qué me miras de ese modo?

Ivonne estuvo a punto de decir: «Miro, que hasta este instante no me di cuenta de que tus facciones son igual que las de mi padre. Miro, que tú, el hombre que trata de destrozar a una Fossey, es ni más ni menos que el malvado hijo de la no menos malvada tía Janet. Pero no pienso darte el gustazo de contemplar mi aparente interioridad. Algún día nos enfrentaremos con tía Janet y te darás cuenta de tu acción horrible. Entretanto continúa cortejándome, primo Hans, que no vas a conseguir ni siquiera una sonrisa de mis labios. Después de todo, creo que me perdonarás, papá. Tía Janet te hizo mucho daño, yo pretenderé hacérselo a su hijo, y si no puedo...».

—Confieso que le miraba, señor Keibert —dijo ella calladamente—, le miraba, pero no le veía a usted.

—¿Qué veías entonces?

—Me preguntaba qué diría esa madre, que mencionó hace un instante, si supiera que pretende a una joven inocente por el simple hecho de lograr un capricho pasajero.

—No diría nada. Jamás se mete en mis asuntos. Además —añadió riendo—, mamá Janet —Ivonne se estremeció casi imperceptiblemente— casi nunca se halla en la capital. Tiene una finca en las afueras y vive recluida como una ermitaña. Yo tengo mi vida aparte. Vivo solo con mis criados, y mamá Janet jamás me ha visitado en mi hogar. Ahora ceno con ella dos veces por semana y nunca me pregunta lo que hice ni con quién estuve. Mamá Janet es una dama muy inteligente.

Su risa le resultó a Ivonne desagradable. Y pensó con amargura: «Estoy segura de que el doctor Hans Keibert ni siquiera sabe que tiene una prima. Estoy por jurar que desconoce el episodio familiar con respecto a mi padre. ¡Bah!, tía Janet siempre ha sido una mujer muy particular. Tanto peor para los dos».

—No pienso almorzar con usted —indicó molesta—. Lléveme a la clínica.

—Lo haré después. Si no almuerzas mirarás cómo lo hago yo.

Y en efecto, Ivonne, terca y orgullosa, se mantuvo muy quieta frente a él mientras Hans saciaba su apetito. Ni por un instante pensó en comer algo de aquellos manjares que un solícito camarero iba depositando en la mesa.

—¿De veras no piensas comer?

—Así es.

—Me estás resultando una muchacha muy orgullosa. Temo que por una vez en mi vida me vea precisado a dejar el juego en suspenso. No tengo mucha paciencia y a la fuerza no quiero nada. Ya ves que ni siquiera intento besarte.

—Es que nada conseguiría.

—Las uñas de tus bellas manos son también una deliciosa caricia para un hombre que, como yo, disfruta de los más mínimos detalles. Bien, he terminado —añadió sin transición—. Te llevaré al sanatorio.

Ivonne creyó que durante el trayecto tendría que hacer uso de toda su fuerza para contener el ímpetu del hombre, pero una vez más se equivocó. Hans Keibert manteníase sentado, muy quieto; fumando indiferente un cigarrillo, sonriendo de vez en cuando, diciendo a largos intervalos una ofensa que Ivonne soportaba con estoicismo. Y al fin el auto se detuvo.

—Puedes bajar tú. Yo regreso a la ciudad. Hoy no tengo trabajo en el sanatorio. He de realizar una visita de inspección a los hospitales provinciales. No he desistido aún, Ivonne —dijo, inclinándose hacia ella. Y súbitamente tomó el rostro femenino entre sus manos nerviosas y aplastó la boca contra la de ella, que palpitó rebelde bajo el poder abrasador de aquella plancha de fuego que la mantenía inmóvil. —Te hubiera querido así —dijo él desde el auto—. Y sé que tu rebeldía dejaría de existir bajo el poder mágico de mis besos y mis caricias.

Ivonne, con el rostro lleno de lágrimas, la ira reflejada en sus ojos y los dedos arrancando el calor de sus labios, se mantuvo quieta, extática en medio de la carretera. Y cuando el auto se alejó, dio una patada en el suelo y elevó los ojos brillantes, terriblemente airados.

—No sé cuándo, tía Janet, pero tengo el presentimiento de que a ambos os haré mucho daño. Lo juro.

—Me tienes muy inquieta, Hans.

—Por Dios, mamá, no me salgas con uno de tus sermones. No podría soportarlo esta noche.

—El hecho de que tu primer matrimonio fuera un desastre —añadió terca la dama— no es motivo para que te obstines en permanecer libre. Existen muchas damitas elegantes en nuestro mundo que se sentirían muy felices de pertenecerte.

—Por supuesto. Pero no tengo intención alguna de encadenarme de nuevo. Ahora estoy viviendo una realidad... Antes, cuando tenía mujer, vivía una pesadilla:

—¿No piensas, pues, volver a casarte?

—Ciertamente, no —repuso Hans con naturalidad, cruzando una pierna sobre otra y fumando con fruición el pitillo que a pequeños intervalos llevaba a los labios desdeñosos—. Es una responsabilidad que no quiero echarme sobre las espaldas.

—Eres muy diferente a como fue tu padre, Hans.

—Es que mi padre vivió en una época romántica que hoy no se ajusta a los seres actuales.

—¡Si al menos te enamoraras...!

Hans rió muy fuerte. Por un instante sus ojos, a través de las espesas volutas que ascendían ondulantes, quisieron contemplar las delicadas facciones de un rostro de mujer rebelde e interesante. Pero aquellas facciones desaparecieron al momento. Él no podría sentir amor por Ivonne, ni por ninguna otra mujer. Le agradaban en general, pero jamás consagraría su vida a una sola. De suceder lo contrario dejaría de ser él, y la verdad es que Hans se sentía muy satisfecho de sí mismo y de su gran personalidad masculina.

—¿Enamorarme? A fe mía que lo estuve una vez y los resultados fueron desastrosos.

Se puso en pie y la dama lo miró desde el diván.

—Hans, no estoy muy satisfecha de ti, aunque debiera estarlo. Pero soy avariciosa de mi vida, ¿sabes, hijo? Quisiera no envejecer jamás, pero siento que de todos modos envejezco de una forma alarmante.

—¿Y pretendes que una posible esposa de tu hijo te ayude a rejuvenecerte?

—¿Por qué no? Tanto la finca como este palacio permanecen demasiado silenciosos. Tú, con venir a comer conmigo dos veces por semana, crees cumplir con tu deber, y yo opino que eso no está bien, Hans. Me siento muy sola. A veces pienso que he cometido una tontería al desdeñar a personas que debieran serme muy queridas.

—¿Te refieres...?

Tía Janet hizo un gesto vago con la boca.

—Son cosas que no interesan ahora. Episodios pasados que no pueden jamás volver a la actualidad. Tú no estabas en casa en aquella época. Estudiabas en el extranjero. ¡Bah! —añadió indiferente—, no hablemos de ello ahora. ¿Cuándo volverás, Hans?

—El jueves, por supuesto.

—¿Hasta entonces no debo esperarte?

—Creo que no —exclamó Hans, contemplando la punta del cigarrillo que depositaba en el cenicero—. Tengo mucho trabajo... He sido nombrado inspector general de Sanidad y cada dos días debo realizar visitas de inspección por los hospitales.

—Es un honor para un Keibert ese nombramiento.

Hans encogió los hombros, besó a su madre y dirigiose a la puerta.

—Un honor un poco molesto, ciertamente —observó inalterable.

—A veces, Hans, me pareces cansado de todo.

—Y lo estoy. He vivido demasiado aprisa y temo que ahora no me quede tiempo para nada. Buenas noches, mamá —añadió sin transición—, hasta el jueves que volveré a hacerte una visita.

Seis

Entró sola a tomar el aperitivo. Hacía una tarde espléndida y no le sería preciso ir al sanatorio hasta el día siguiente a las once de la noche. Era un pequeño permiso que la enfermera-jefe le proporcionó súbitamente. Ivonne se preguntaba por qué lo había hecho si jamás había sentido hacia ella simpatía alguna. Mas la realidad era que, y por encima de aquella antipatía, la enfermera-jefe habíale concedido sin solicitarlo unas horas de asueto, cosa que Ivonne trataba de no desaprovechar.

No había mucho público en el bar. Era un bar elegante e Ivonne gustaba de los lugares selectos aunque sólo fuera una vez por semana.

Estaba triste. Tía Martha se sentía indispuesta aquel día, con mucho dolor de cabeza, pesadez en un costado y deseos de vomitar. El solo pensamiento de que tía Martha pudiera contraer una grave enfermedad producía en Ivonne una gran depresión. Ahora la dejaba en la cama, pero si al regreso no había mejorado, la llevaría a un especialista. Tía Martha era antes que nada. ¿Qué podía hacer ella sin la vieja dama? Lo que su madre había hecho con su padre muchos años antes: morirse poquito a poco de impotencia hasta que su vida se extinguió por completo.

—Parece que no son muy agradables tus pensamientos —dijo una voz tras su espalda.

Ivonne sintió de nuevo el beso cual si en aquel mismo instante la masa de fuego se los quemara. Enrojeció, palideció después, y al volverse sus ojos no mostraban ira ni desprecio. Era una mirada irónica, burlona y hasta coqueta. Hans Keibert parpadeó nervioso una y otra vez y su tic se acentuó ante los ojos de Ivonne.

—Vaya, ¿qué le pasa ahora? —preguntó la joven, indiferente.

—Creí que estabas enojada conmigo, Ivonne —comentó él de una forma estúpida.

—Pues no lo estoy.

—El beso... —Se inclinó hacia ella y añadió intensamente—: Yo te he recordado, ¿sabes? Es la primera vez que recuerdo los labios de una mujer tras de haberla besado.

—Y ello significa...

Hans rió. Ya no era el hombre amable de momentos antes. Parecía que un demonio danzaba burlón en la diabólica mirada de sus gemas azules.

—No, piensas mal si crees que me estoy enamorando de ti. Jamás amé a una mujer.

—Pero estuvo casado.

Hans encogió los hombros y de un salto se sentó en una alta banqueta a su lado. Pidió una copa de licor y encendió un cigarrillo, a través de cuyas volutas contempló sonriente el rostro ideal de aquella mujer, a la que esperaba hallar enojada y en cambio, para su desconcierto, mostrábale ahora la misma faz tranquila y ecuánime de siempre.

—Y ella murió —dijo sin ahuyentar su sonrisa—. Murió de un modo estúpido, cuando más necesitaba que muriera. —Encogió los hombros y prosiguió ante la muda interrogante femenina—: Cuando un hombre y una mujer se casan y no se comprenden, lo mejor es que muera uno de los dos, y lo lógico es que sea la mujer la que fallezca.

—Es usted de una generosidad sorprendente.

—Siempre lo he sido. Pero juro por mi honor de caballero que con nadie lo seré como contigo.

—No preciso su generosidad, doctor Keibert. Detesto la generosidad de los hombres. Y debo añadir que desconfío de sus buenos propósitos.

—De todos modos, Ivonne, yo pienso ser el hombre de tu vida.

La joven, sin responder, bebió el contenido de su copa y se tiró de la banqueta al tiempo de consultar su reloj de pulsera.

—Son las nueve —exclamó—. He de marcharme. No hay luna y está poco iluminado el camino hasta mi casa. Buenas noches, doctor.

Él, de un salto, se plantó ante ella.

—Te acompañaré. No es correcto que una joven camine sola por las calles oscuras de una ciudad un tanto pendenciera.

Ivonne, que recordaba los besos recibidos, sintió temor, pero se libró muy bien de manifestarlo. La clase de hombres como Hans, Keibert necesitaban mujeres que aparentaran valentía para frenar sus ímpetus. Hans, en el concepto de Ivonne, había tenido muchas mujeres, en la vida del famoso doctor hubo quizá docenas de ellas, pero demasiado inferiores para enfrentársele cuando el caso lo requería. La personalidad del cirujano anulaba la naturaleza femenina de la mujer. Ante Ivonne, Hans estaba llamado al fracaso y la joven no lo ignoraba. Tal vez el mismo Hans iba poco a poco dándose cuenta de ello.

—Considero más pendencieros a los hombres que a la ciudad en sí —respondió Ivonne levantando el cuello del abrigo y lanzándose a la calle.

—Eres muy inteligente. Me pregunto, Ivonne, de dónde has venido que no te vi hasta que llegaste al sanatorio. Confieso que me gustaría ser amado por ti. ¿Cómo sientes el amor, Ivonne?

La cogió del brazo. Ella dio un tirón, pero los dedos de Hans parecían garfios agarrándose a su carne.

—Es inútil, Ivonne. No pienso soltarte. Dime, ¿cómo sientes el amor?

—Se lo diré a mi elegido —repuso sin forcejear—. Todo lo reservo para él.

—Supongo que no te referirás a Douglas Huxley.

—Tuvo usted buen cuidado de quitarle de delante —exclamó ella mirándolo a través de la oscuridad—. Douglas era un hombre bueno y honrado. Yo no le amaba, pero sentía hacia él una profunda estimación, un cariño casi fraternal. ¿Por qué lo trasladó usted?

—Me estorbaba, Ivonne. Y suelo apartar los obstáculos siempre que se interponen en mi camino. De todos modos ha salido ganando con el cambio. Hoy está de enfermero-jefe en el Hospital Provincial. Como ves, aún me debe estar agradecido.

Ella encogió los hombros y miró hacia lo lejos.

—La humanidad es tan estúpida que, en efecto, quizá Douglas se siente ahora reconocido hacia usted. ¡Bah! Yo no lo estaría ni hubiese aceptado el traslado aunque me fuera preciso trabajar arrastrándome como un gusano.

Hans inclinó la cabeza y su aliento de fuego quemó la mejilla de la joven.

—Es que todos no son tan orgullosos como tú —susurró turbadoramente, estremeciendo perceptiblemente a la muchacha—. Por eso me gustas tú tanto, Ivonne. Por eso desearía hacerte mía. Lo deseo más que nada en el mundo y si algún día decido casarme te pediré que seas mi esposa. Sé que de otro modo no puedo conseguirte —añadió cada vez más bajo—. Me lo dice el instinto. Lo intuyo al mirar tus ojos serenos, siempre inconmovibles. Lo veo en tus manos que jamás tiemblan al ser aprisionadas por las mías. Lo observo también en el escaso deseo que tienes de reunirte conmigo.

Ivonne sintió la áspera mejilla en la suya y se retiró con presteza.

—Suélteme. Si sabe que nada va a conseguir, ¿por qué continúa a mi lado?

—Quisiera ablandar tu corazón. ¿Es que no sientes nada por mí, Ivonne?

—No —dijo ella, con voz clara y vibrante—. No siento nada en absoluto, excepto un gran desprecio.

—¡Ivonne!

—Oh, sí, un gran desprecio. Jamás podría amar a un hombre que llega a mi lado deseando algo abominable. Soy mujer —añadió con audacia sorprendente— y tengo mis deseos y mis pasiones como cualquier mujer susceptible al amor. Pero no es así como yo amaría. ¿Qué me daría usted a cambio de mi cariño? ¡Bah! Un montón de dinero, trajes, joyas...

Yo tendría que darle a usted algo de muchísimo más valor y el cambio es desproporcionado.

—¿Y si te pidiera que fueras mi esposa? —preguntó él mirándola con los ojos muy brillantes.

La cabeza de Ivonne fue de un lado a otro sin titubeo alguno.

—No accedería —dijo con naturalidad—. No tiene usted ninguna cualidad de las que yo deseo hallar en el hombre de mi corazón. El hombre de mi vida. Y, ¿sabe usted? —añadió inclinándose un poco hacia delante, reluciendo los ojos maravillosos en la oscuridad de la noche—, yo no sólo le daría mi cuerpo, le daría también mi alma, mis ansias de mujer, mi corazón, toda mi vida.

—¡Ivonne! —exclamó la boca masculina, casi sin abrirse.

Ella dio un paso hacia atrás y miró el iluminado portal de su casa.

—Ya he llegado —dijo ya sin vibración en la voz—. Hasta mañana, doctor Keibert.

—Espera, Ivonne. Espera, por el amor de Dios. ¿Qué poder demoníaco tienen tus ojos que me atraen como si fueran imán? ¿Y por qué deseo constantemente estar cerca de ti? Hay algo, algo indefinible en tu persona, muchacha, que me desconcierta y me halaga al mismo tiempo. Es como si estuviera llegando a un tesoro y al tiempo de desear su posesión tuviese miedo de rozarlo y mancillarlo con mis manos. ¿Entiendes esto, Ivonne?

La joven sonrió burlonamente. El dominio era suyo aquella noche. Habíase propuesto desconcertarlo y hacerle pagar con creces los besos que le había robado.

Avanzó, y desde el umbral volvióse para mirar al hombre que, tieso y rígido, la contemplaba aún con los ojos brillantes.

—Tenga cuidado, doctor Keibert, está usted enamorándose —comentó irónicamente, sin creer, por supuesto, en sus propias palabras.

Automáticamente, el cuerpo de Hans se irguió. Primero la miró extrañado, luego soltó una carcajada desagradable, y, tal vez para tomar el desquite, susurró con voz clara y vibrante:

—Los hombres como yo no se enamoran. —Y con acento casi imperceptible, pero duro y frío, añadió—: Te deseo, Ivonne, ésa es la verdad, la absoluta verdad.

—Pues vaya desistiendo de su empeño, porque me temo que no consiga nada. No se olvide que, si usted sabe exigir, yo sé rechazar. Es una lección que aprendí de mi propio padre y que no dejaré de recordar jamás. Buenas noches, señor director.

Tiróse de la cama y quedó envarada en medio de la estancia. A través del tabique llegaba hasta ella el quejido ahogado de su tía. Corrió enloquecida hasta la alcoba contigua y se arrodilló al lado de la cama.

—¿Cómo estás, tía? ¿Por qué te quejas?

Los ojos de tía Martha se movieron dentro de las órbitas, pero no llegaron a clavarse en la faz ansiosa.

—¿Es que no puedes hablar, tía? —preguntó aterrada.

En efecto, la dama no podía hablar y veía mal. El solo pensamiento de que pudiera morir robó el color del rostro juvenil. Incorporóse súbitamente. Era una muchacha enérgica, decidida. No se conmovía fácilmente, ni perdía la serenidad. Besó la frente sudorosa de la dama y corrió hacia el saloncito. Marcó un número. Enseguida, una voz al otro lado:

—Diga.

—Quisiera que el doctor Peterson viniera a visitar a mi tía. Es algo urgente.

—Ahora mismo, señorita Fossey.

Contó los minutos. Peterson vivía en el último piso y eran buenos amigos, además de vecinos. Era un muchacho joven y bien parecido que comenzaba ahora a ejercer su carrera con excelentes resultados, muy positivos por cierto, dada su inteligencia y su amor al estudio.

Minutos después, James Peterson hallábase junto a tía Martha. Durante breves momentos permaneció inclinado hacia ella, auscultándola minuciosamente. Cuando se incorporó, Ivonne consultó interrogante, sin abrir los labios.

James la cogió de la mano y la llevó a una estancia contigua.

—Es grave, señorita Fossey. Yo le aconsejaría llamar a un especialista e internarla luego. Tengo algo de influencia cerca del director del Hospital Provincial, y le ayudaría.

—Pero esto es horrible, doctor Peterson.

—Sí, claro. Yo mismo llamaré al especialista.

Dos horas después, la tía Martha ingresaba en el hospital. Aquel hecho produjo en Ivonne un decaimiento tal que hubo de hacer uso de toda su poderosa voluntad para levantar el ánimo. Llamó al sanatorio. Habló con la enfermera-jefe y le expuso el caso. Obtuvo un permiso ilimitado y, sentándose a la cabecera de la cama, esperó pacientemente que los médicos determinaran algo con respecto a la enferma.

Ivonne contemplaba el rostro cada vez más desencajado de la dama; se dijo que tenía muy poca suerte, tanto ella como su tía Martha. Ésta se había casado joven; había enviudado a los seis años de matrimonio y después... ¡Bah! Nada. Vegetar a su lado día tras día sin satisfacciones, sin sobresaltos, pero dentro de una monotonía exasperante. Y ahora tal vez se moría con la misma simplicidad. ¿Debía ella consentirlo? Mas ¿qué podía hacer?

Ni por un momento se le ocurrió pensar que la figura de aquellos dos médicos, que vestidos de blanco avanzaban por la sala, le trajeran la solución. Y menos pensó aún que aquella solución cambiara por completo el rumbo de su vida. Y era así, ciertamente. La vida de Ivonne Fossey iba a cambiar en aquel instante. Tal vez había cambiado ya en el momento de oír a tía Martha exhalar el primer suspiro de dolor.

—Señorita Fossey —dijo uno de los médicos—. El director la espera en su despacho. Debe comunicarle algo importante.

Se puso en pie como un autómata y tras de envolver el rostro de su tía en una larga mirada de cariño, se deslizó despacio hacia el exterior y minutos después se hallaba ante la mesa de un despacho inmenso, tras cuya mesa se sentaba un hombre de cabello encanecido y ojos bondadosos.

—Siéntese, por favor. La he mandado llamar para comunicarle algo con respecto a su enferma. Señorita Fossey, nosotros hicimos por ella todo lo que humanamente se puede hacer. No sólo por ser enferma y hallarse bajo nuestra responsabilidad profesional, sino por el hecho de venir usted recomendada por nuestro buen amigo Peterson.

—¿Quiere usted decir que mi tía va a morir? —susurró ahogadamente.

—Sí y no. Puede morirse si no se le practica cierta operación muy delicada. Ninguno de mis médicos se compromete a ello. Es peligroso. Existen nueve probabilidades de muerte contra una de vida, ¿comprende usted? Y es doloroso ver morir en nuestras manos a un semejante, cuando otras pueden curarlo. Sólo hay una persona que puede proporcionar a su señora tía la salud, señorita Fossey. Y esa persona se llama Hans Keibert.

—¡Hans Keibert! —repitió, como un eco.

—En efecto. Ha realizado y está realizando operaciones sorprendentes. No sólo con respecto a la estética, que es precisamente su especialidad, sino en todo el ramo de la cirugía. Yo en su lugar solicitaría una entrevista con ese caballero y trataría de ingresar a la dama en su sanatorio. Si dicho sanatorio perteneciera al Estado, yo mismo, por simpatía a usted y por la amistad que me une al doctor Peterson, trataría de ayudarla. Pero ese sanatorio es particular, exclusivamente del doctor Keibert, y aun cuando este caballero desempeña el cargo de inspector general de Sanidad, mi influencia es nula con respecto a él. Si usted encontrara esa influencia, señorita Fossey, y él quisiera hacer algo, vería usted cómo su tía camina dentro de un mes por sus propios pasos.

Ivonne se puso en pie. Parecía atontada. Con ojos húmedos de llanto miró al bondadoso caballero y susurró muy bajo:

—Yo soy enfermera en el sanatorio del doctor Keibert.

—Pero, ¿cómo no me lo ha dicho antes? —preguntó él, radiante de satisfacción—. Señorita Fossey —añadió algo más calmado—, el doctor Keibert jamás ha negado un favor a sus empleados. Le ruego que se entreviste con él inmediatamente, o bien que lo llame por teléfono desde aquí. Es preciso que su señora tía ingrese en el sanatorio esta misma tarde. Es indispensable, ¿sabe usted? Absolutamente indispensable.

Ivonne no sentía tanta satisfacción como el doctor. Sabía, porque lo había palpado día tras día en el mismo sanatorio, que Hans Keibert pedía a cambio de una operación sumas elevadísimas. Y ella no disponía de dinero. Ni podía tampoco ingresarla en la sala destinada a los desamparados, porque, además de ser muy reducida, ella no disponía de tiempo suficiente para arreglar los papeles que exigían. ¿Qué hacer...? Sí, Hans Keibert accedería a operar a su tía. Lo haría de mil amores y tía Martha recobraría la salud, que ahora se marchaba a pasos agigantados. Mas, ¿a cambio de qué practicaría Hans Keibert la operación? ¿Qué exigiría por ello?

—Señorita Fossey, no hay tiempo que perder —dijo el director del hospital, sacándola bruscamente de su abstracción.

Ella le miró como hipnotizada.

—¿Es indispensable, señor? —preguntó quedamente—. ¿No queda otra solución?

—Es la única. Y de se usted por satisfecha de pertenecer al sanatorio de Hans Keibert. Es una ventaja que no todos tienen.

Dio la vuelta con lentitud. Un peso inmenso gravitaba sobre sus espaldas. Sentíase vencida, decepcionada.

—Tenga, hable desde aquí por teléfono con el doctor Keibert. Yo mismo le marcaré el número. Tengo verdadero interés —añadió, sin esperar respuesta y marcando el número mencionado— en que su señora tía recobre la salud. El doctor Peterson es un buen amigo mío y me transmitió su pesar. Así pues, veremos de hablar con el doctor Keibert y todo se solucionará. —Calló un instante y enseguida entregó el receptor a la joven—. Al habla el secretario del doctor Keibert, señorita Fossey.

—Diga...

Ivonne miró ante sí con fijeza. «Voy a ponerme yo misma en las manos del verdugo —pensó—, pero la salud de mi tía es antes que yo, antes que nadie.»

—Quisiera hablar con el señor director —dijo ahogadamente.

—¿De parte de quién?

Se mordió los labios. En el sanatorio casi todos sabían que alguna relación más o menos íntima la unía al director, y ello suponía para ella un bochorno. Ahora que se veía precisada a dar su nombre, sería atendida al instante y puesta directa y rápidamente en comunicación con el doctor Keibert, pero... ¿a costa de qué? ¿De cuántas sonrisitas? ¿De cuántos comentarios?

Hinchó el pecho y susurró:

—De parte de Ivonne Fossey.

En efecto. Al otro lado cesó la tirantez y untuoso el secretario respondió:

—No faltaba más, señorita Fossey. Ahora mismo la pondré en comunicación con el señor director... Espere un instante, por favor, señorita Fossey.

Los ojos femeninos se humedecieron. Pero un esfuerzo y aquellas lágrimas no consiguieron salir al exterior.

En seguida oyó la voz profunda y bronca, tan personal, tan inconfundible.

—¿Qué sucede, Ivonne? ¿Está peor tu tía?

La asombró el tono de la voz masculina, más bien ansiosa que burlona. Y le extrañó también que él estuviera enterado de la enfermedad de su tía.

—Necesita que la opere usted, doctor Keibert —dijo con firmeza—. El señor director del hospital asegura que sólo en sus manos recobrará el vigor.

—Todo lo que se halla en mis manos recobra vigor, Ivonne, ¿es que lo ignorabas? —repuso burlonamente.

Ivonne se sintió decepcionada. Ya era el mismo de siempre, el hombre poderoso que lo consigue todo. ¡A ella también iba a conseguirla, porque Ivonne no era, tan cándida como para creer en que él iba a desaprovechar aquella hermosa oportunidad que el destino le brindaba!

—Necesito saber una cosa u otra, Hans —dijo ya furiosa, sin usar ya el tratamiento.

El viejo médico que la estaba observando enarcó las cejas interrogante.

—Una ambulancia recogerá dentro de poco a tu tía —dijo la voz al otro lado—. Y tú ven inmediatamente a mi despacho, tengo algo urgente que comunicarte.

Sin responder, Ivonne soltó el auricular y miró ante sí con fijeza. Jamás había sentido deseos de llorar como en aquel instante. Y lo hizo. Tirose sobre el diván, ocultó el rostro entre las manos y sollozó desesperadamente como si su tía hubiese muerto ya.

Extrañado, el caballero corrió hacia ella y su mano temblorosa acarició la abatida cabeza de la joven.

—Señorita Fossey, por favor, repórtese usted. Si el doctor accede a operar a su tía, puede usted casi responder de su vida.

Ivonne elevó el rostro y de un manotazo limpió las lágrimas que enturbiaban sus ojos. Después contempló al caballero como si no lo viera, se puso en pie, retrocedió unos pasos y de espaldas dirigióse a la puerta. No podía decir nada. Estaba segura de que aquel hombre no la comprendería. Y si ella desesperadamente le dijera lo que sentía en aquellos momentos, quizás aun se hubiese reído de su dolor.

—Gracias por todo, señor doctor —susurró, ahogadamente desde la puerta—. Ha sido usted muy amable y jamás olvidaré su ayuda.

El caballero la vio alejarse y se preguntó qué podría sucederle. Pero no se le ocurrió imaginar la realidad porque consideraba a Hans Keibert demasiado honrado. Era un pobre concepto a juicio de Ivonne el que todos formaban del hombre que ni pobre ni grande lo merecía.

Siete

Un botones abrió la puerta que no todos podían traspasar y la gentil figura femenina, más gentil cuanto más desafiante, atravesó el umbral del gran despacho, tras cuya mesa atestada de papeles se hallaba sentado Hans Keibert.

—Buenos días, Ivonne. Hace media hora que estoy esperándote. Tu tía ya se halla instalada en la sala de mis enfermos de honor. Será operada esta misma tarde y te prometo que haré hasta lo imposible para salvarle la vida.

Ivonne avanzó sin prisas. Sí, había visto a tía Martha confortablemente instalada tal como indicaba él. Mas no creyó ni por un instante en la bondad de aquel hombre. Ni siquiera en su desinterés. Hans Keibert estaba formado de una materia muy dura. Jamás había observado en él vestigio alguno que delatara la compasión hacia sus semejantes. Hans iba directamente al objetivo, operaba por algo y aquel algo ella en forma alguna podría pagarlo.

—Estás muy pálida —comentó con voz queda, poniéndose en pie y saliendo a su encuentro.

Cogió las manos femeninas y las apretó entre las suyas. Acarició los dedos agarrotados de Ivonne y después con los suyos suavizó el frío de las palmas femeninas. Ella le dejó hacer sin deseo alguno de rebelarse. ¿Para qué?

—Siéntate, Ivonne. Vamos a hablar largamente del asunto que nos interesa a ambos. Nadie nos molestará.

Ella se dejó caer en un muelle sillón y Hans quedó de pie a su lado. Su rostro de dios griego parecía más pálido aquella mañana y el tic nervioso de su ojo izquierdo produjo una intensa inquietud en la joven que lo miraba interrogante.

—Le escucho, doctor —dijo al fin, con acento ahogado—. Estará usted pensando que es extremadamente violento para mí solicitar un favor de usted, cuando esto era lo último que yo hubiese hecho si el favor me favoreciera exclusivamente a mí. —Hizo una pausa, que él no interrumpió, y prosiguió, quedamente, mirando al suelo—: No tengo con qué pagarle, doctor. Lo sabe usted, ¿verdad?

Hans metió las manos en las profundidades del bolsillo del pantalón de franela gris oscuro y se balanceó tranquilamente sobre sus piernas.

—No lo considero así, Ivonne. Tienes mucho con que pagarme y yo quiero cobrar, ¿comprendes? Tú sabes, Ivonne, que jamás hice algo sin que existiera un motivo que lo justificase. Pues bien, ahora tampoco lo haré. —Se inclinó hacia delante para verla mejor y exigió—: Mírame a los ojos, Ivonne. ¿Tengo aspecto de filántropo? No, ciertamente. Soy un hombre humano, práctico. Detesto a quien se le brinda una oportunidad y no sabe hacer uso de ella. Yo jamás he deseado nada como deseé que llegara este momento. Y juro que, a pesar de haberlo deseado, siempre desconfié de que pudiese llegar. El que haya llegado por mediación de tu tía, tanto me da, lo importante es que estás aquí.

Ivonne no se inmutó. Sabía lo que iba a ocurrir aun antes de que ocurriera. ¿Para qué ruborizarse si aquel hombre le había robado hasta el placer del rubor?

—Supongo, Ivonne —añadió él, inalterable—, que ya sabes a qué me refiero. Yo curo a tu tía. Puedes tener por seguro que la curaré, pero a cambio de ello...

El cuerpo de Ivonne, aquel cuerpo maravilloso y joven que palpitaba rebelde, se irguió despacio hasta incorporarse por completo.

—¿Qué desea de mí, doctor?

—Deseo tu vida, Ivonne, tu vida, tu felicidad, todos los momentos de tu existencia, tu hermosura, Lo quiero todo y tú me lo darás a cambio de la vida de tu tía.

—¿Sin ningún título, doctor?

Él enarcó una ceja.

—Me haces reír, Ivonne. Sabes muy bien que no soy hombre de los que se casan. Escucha, siéntate otra vez. En breves instantes te voy a contar algo que perteneció a mi pasado.

La empujó blandamente hacia el diván y él se sentó a su lado. Sin dejar de mirarla intensamente, murmuró:

—Murió mi padre cuando yo nací. Me crié dueño y señor de una mansión inmensa donde mi madre consideraba innecesario torcer mis instintos crueles. No soy noble, Ivonne. Tú lo sabes y yo tengo el buen sentido de reconocerlo así. Cuando tuve una edad apropiada me internaron en Oxford... Transcurridos algunos años, me convertí en lo que soy hoy, pero no era tan endemoniadamente malo como ahora. Viajé por el mundo entero. Estuve en la China dos años estudiando sus costumbres y sus brebajes. Ya era médico y gozaba observando a los seres exóticos que me rodeaban. Allí conocí a una mujer. Era inglesa, hija de un diplomático. Sin pensarlo me casé con ella, la traje a mi casa, se la presenté a mi madre y perfeccioné mis estudios aunque siempre pendiente de mi esposa, a quien amaba más que a mi vida y a mi carrera. Pero ella era tan perversa como yo, Ivonne. No voy a referir los detalles de nuestro matrimonio ni de nuestra mutua perversidad. Sólo te diré que un día la aborrecí y mi madre la despreció. Y me divorcié, ¿comprendes? Me divorcié y ella se casó con un amigo mío. Desde entonces vivo dedicado a la ciencia. Ella murió al fin y mi amigo acudió a mí para decirme lo que yo ya sabía... Si ella hubiese sido buena, yo sería bueno. Pero ahora ya no tengo remedio. Si me casara contigo, Ivonne —añadió, con menos soberbia de lo que él creía—, tú verías día tras día mis muchos defectos. De otro modo podemos vivir y nos engañaremos mutuamente. Detesto la intimidad de un matrimonio. Ivonne, creo que no tiene interés alguno. Un hombre y una mujer que se casan dejan de quererse, ¿comprendes? Dejan de quererse en el mismo instante de pertenecerse mutuamente. Una situación inestable es más seductora, ¿No lo consideras así?

Ivonne no respondió. ¿Para qué? No amaba a Hans, jamás podría amarle. Hans era de los hombres que se hacen aborrecibles y él, por desgracia o por suerte, no lo ignoraba.

—Pensamos de muy distinto modo —dijo—. Yo nunca podría amarle a usted. ¡Oh, no! Le detesto intensamente. Y le despreciaré mientras viva.

—Es un sentimiento que me seduce —repuso Hans sin inmutarse—. Dime —añadió—, ¿si te pidiera que fueras mi esposa, accederías?

Ivonne crispó el rostro. Hubo en sus ojos una rebeldía terrible, que él observó fácilmente, y al final, la boca femenina se entreabrió despacio.

—Me casaría por la vida de mi tía. Si usted practica la operación sin exigirme nada a cambio, yo le estaré siempre agradecida.

—No soy generoso hasta ese extremo, Ivonne. Ya sabes lo que quiero de ti. Has de responder ahora, en este instante, porque los minutos corren y es preciso obrar rápidamente.

Ivonne se puso en pie y se dirigió hacia la puerta. Desde el umbral, se volvió y dijo tan sólo:

—Tía Martha jamás me perdonaría mi vileza a cambio de su salud. Sepa usted que si le diera lo que exige de mí a cambio de ella, tía Martha se hubiese muerto de bochorno una vez operada y enterada de todo... Y si es que ha de morir, prefiero que lo haga ahora sin que tenga que avergonzarse de mí. Adiós, doctor. Voy al lado de tía Martha. Creo que jamás como en este instante me sentí más allegada a ella y a los principios religiosos que me inculcó desde pequeñita. Me considero tan superior a usted en este momento, doctor Keibert, que incluso me avergüenzo de haber consentido en oírle.

Se hallaba sentada al lado del lecho. Una mano inerte de tía Martha era apasionadamente apretada por la de Ivonne. Había lágrimas en los ojos de la joven, lágrimas de dolor y de rabia. La estancia permanecía en la penumbra. Allí sobre el lecho descansaba tía Martha sacudida de vez en cuando por un estremecimiento convulso.

Tía Martha iba a morir. ¡A morir! Ella podría darle la salud. Podría recobrarla a cambio... No, jamás. Por un instante pensó en acudir a Janet. Tal vez Janet le proporcionara el dinero suficiente para pagar a su propio hijo... Porque Ivonne no dudaba de que Hans era hijo de tía Janet. ¡Oh, sí! Recordaba perfectamente oír hablar a su padre del hijo de su hermana. Jamás se habían visto. Tampoco su padre lo conocía. Vivían separados. Cada hermano tenía su vida y su familia. En el hogar de Edgar Fossey no se mencionaba jamás a su hermana. Ni en el de Janet Fossey el de Edgar. Pero alguna vez su padre, acuciado por sus preguntas infantiles, contaba cosas de su familia.

Y decía que los Fossey eran gente importante. Sólo había visto a tía Janet dos veces. Una cuando murió lord Keibert y acudió con su padre a dar el pésame, y la otra cuando, muerta su madre, tía Janet indiferentemente le hizo una visita para al final de la misma salir riñendo con tía Martha. ¡Bah! ¿Qué cariño podía profesarle aquella hermana de su padre, que lo supo morir y ni siquiera tuvo la delicadeza de devolver la visita que le hiciera Edgar Fossey cuando murió su esposo?

Y si ella le dijera a Hans que era su prima, Hans se reiría. Estaba segura que Hans Keibert desconocía la existencia de aquella prima.

Sus meditaciones fueron interrumpidas por dos enfermeros que desde el umbral la saludaban cariñosamente.

—Venimos a por la enferma, Ivonne —dijo uno de ellos, afablemente—. Pasará al quirófano ahora mismo.

Se irguió, sorprendida. ¿Es que Hans era tan generoso? ¿Es que quedaba en su corazón una fibra sensible? ¿Es que iba a operar sin pedir nada a cambio?

—Tenga, Ivonne —dijo el otro, alargando un sobre a la joven—, esta carta que me entregó el director.

Ivonne la cogió como si en vez de un inofensivo sobre fueran pinchos que la lastimaran. Observó cómo entre los dos alzaban en vilo a la enferma y la depositaban en la camilla de ruedas. Con el sobre apretado entre sus manos, corrió hacia tía Martha y la besó una y otra vez en las mejillas. Era lo único que le quedaba. ¡Lo único! Recordaba haberla visto siempre, desde que nació, cerca de ella, solícita, cariñosa, amante. Y ahora...

Cuando ellos se alejaron, aún permaneció en la puerta con la vista clavada en la camilla que se perdía en el recodo del pasillo. Retrocedió despacio, y, dejándose caer en la silla con ojos hipnóticos, miró el sobre.

Lo abrió. Unas palabras tan sólo. Pero que hablaban de lo inevitable. Había llegado el momento de su claudicación, de su entrega. Nada podía esperar del futuro, ni amor, ni comprensión, ni cariño. Tan sólo crueldad, perversidad, como había dicho él.

Has ganado. Me casaré contigo esta misma noche. Acude a mi despacho dentro de dos horas.

HANS

¡Había ganado! ¿Qué había ganado? Lo perdía todo en un instante. Su inocencia, su bondad que él domeñaría a su gusto, su condición de mujer. En adelante sería un instrumento en sus manos. Surgiría la entrega, él la disfrutaría. Después, el hastío y, más tarde, un penoso recuerdo y tal vez el divorcio.

Hundió la cara entre las manos y sollozó. Estaba sola, sola y desesperada. En aquel instante no recordó a su tía. Pensó en sí misma, en su futuro, en su existencia cerca de aquel hombre inalterable que no despreciaba ni un átomo de satisfacción material.

—Señorita Fossey...

Elevó el rostro. Un médico la contemplaba desde su altura y tras él había dos enfermeros. Una camilla en medio de la estancia y el rostro pálido de tía Martha destacando entre las ropas blancas.

—Ha sido penoso —añadió el médico—, pero todo satisfactorio por ahora.

Ella mirolos como si no los reconociera. Luego consultó el reloj.

—Sí —admitió el joven galeno como si adivinara sus pensamientos—. Han transcurrido tres horas desde que su tía fue conducida al quirófano. —Se volvió hacia los enfermeros y añadió—: Con cuidado deposítenla en el lecho. Usted salga, por favor, señorita Fossey. Otra enfermera ocupará su lugar. Acuda usted al despacho del director. La espera ahora mismo.

Se levantó como un autómata. Besó el rostro pálido pero sereno de su tía y salió.

Minutos después, traspasaba el umbral de aquella puerta odiosa. El hombre que se hallaba frente al ventanal, de espaldas a ella, enfundado aún en la bata blanca, un poco salpicada de sangre, se volvió bruscamente y sus ojos azules se clavaron en la mujer que acudía a entregarse.

—Pasa, Ivonne, y cierra la puerta.

Al hablar avanzaba hacia ella. Y la joven, por la fuerza de la costumbre, dio una vuelta en derredor de Hans y procedió a desabrochar los botones de la bata blanca.

—Deja —murmuró él, lento—. Yo mismo lo haré.

Pero Ivonne, nerviosa, ya había desabrochado el último botón. Hans se despojó de la bata y la tiró de cualquier modo sobre una silla.

—Respondo de la vida de tu tía —dijo, posando sus dos manos en los hombros femeninos y mirándola a los ojos rectamente—. Puedes dejarla con la seguridad de que dentro de una semana la tienes en el hogar, bien en el de ella o bien en el nuestro... No pienso meterme en sus asuntos. Tú vas a vivir en mi casa, Ivonne. Ni con mi madre ni con persona alguna ajena a nosotros mismos. Vas a vivir, vamos a vivir en mi piso.

—Bien.

—¿No tienes nada que decirme?

—Todo lo ha dicho usted.

—¿Usted?

—Usted... Sí —casi gritó ella, elevando sus ojos anegados en llanto—. No quiero abrirle jamás mi corazón. Le daré lo que quiere, mi cuerpo, ¿no es eso lo que desea? Pero mi corazón, mi alma... Usted sabe que jamás la tendrá. Sé a lo que estoy obligada con este matrimonio. No le negaré nada, pero mi corazón no entra en el contrato. ¿Por qué no desiste usted de casarse conmigo? Por una vez en la vida, haga usted una obra de caridad. Yo jamás, jamás podré quererle, ¿comprende? Ha llegado usted a mi vida de un modo equivocado. Jamás podré ver en usted al compañero de mi vida, veré sólo al hombre que me obligó a algo que... Por favor, no me mire así —gimió desesperadamente.

Por toda respuesta, los brazos de Hans bajaron hasta la breve cintura, la arrastró hacia sí y la estrechó con apasionada fuerza. Y aquel cuerpo blando y suave no retrocedía. Era algo sin vida que él trataba de vigorizar sin conseguirlo.

De un manotazo tiró la cabeza de Ivonne hacia atrás y aplastó su boca contra la de ella.

Fue más que un beso, una ofensa, porque Ivonne siempre había deseado ser besada de otro modo.

Y el hombre continuó besando, como si se saciara, como si su razón de vivir fuera aquélla y estuviese esperando la oportunidad como un cazador espera apostado tras una mata el instante de apresar la caza.

—Déjeme —suplicó Ivonne, ahogadamente.

Sentía los labios lastimados y una opresión en el pecho indescriptible, dolorosa, amarga como el acíbar.

—Vete. Iré a recogerte a casa dentro de dos horas —dijo él, con ira—. No me entregarás tu corazón... ¡Para qué lo quiero! Te necesito en mi vida, Ivonne, con corazón o sin él, pero en mi vida para tranquilidad de mi espíritu y de mi cuerpo. Márchate, no me mires de ese modo. Te he besado ahora para que vayas acostumbrándote. No me casaré contigo sólo por el hecho de mirarte. Me voy a casar para ser tu dueño y gozar de tu belleza. Tengo derecho a ello. Creo que jamás fui tan humano como en este instante.

Ivonne retrocedió hacia la puerta con la palma de su mano en la boca dolorida. Lo miró desde allí por última vez y luego, bruscamente, dio la vuelta y desapareció.

Hans Keibert quedó en medio de la estancia con los ojos clavados en la puerta y las manos tendidas a lo largo del cuerpo.

Sus labios se movieron, emitieron un suspiro ahogado y después susurraron, quedamente:

—No estoy contento. Debiera estarlo, mas no lo estoy.

Segunda Parte

Uno

Oyó los pasos lentos, inconfundibles. Era él que regresaba a casa después de una jornada entera de trabajo en el sanatorio.

Miró el reloj. Eran las dos en punto de la madrugada. Sintió la puerta del dormitorio y cerró los ojos. Ladeó la cabeza en la almohada.

—¿Duermes, Ivonne?

No respondió. Él, sin repetir la pregunta ni encender la luz, se metió en el cuarto de baño.

Ivonne pensó: «Ahora se quitará los zapatos, ahora se pondrá el batín». Sintió de nuevo los pasos apagados y, después, que en silencio ocupaba un lugar a su lado.

Y así un día tras otro, infinidad de días que formaban un mes entero lleno de dudas, temores, sobresaltos.

Callada, conteniendo el suspiro que quería escapar de su pecho, lo sintió a su lado.

—¿Duermes, Ivonne?

Tampoco respondió. El hombre dio la vuelta en el gran lecho y minutos después dormía plácidamente. «Está cansado —pensó ella—. En medio de mi amargura, tengo el consuelo de saber que él no me odia ni me desprecia. No me ama, pero me respeta como cualquier marido hubiese respetado a su mujer.»

Hundida en el lecho, con los ojos clavados en el techo, que no veía a causa de la oscuridad, las manos caídas a lo largo del cuerpo, trató de rememorar los días transcurridos.

Dos horas después de aquella entrevista en el despacho, tal como había indicado, vino a buscarla. No le dijo nada. Ella ya estaba lista. La cogió del brazo y salieron a la calle. Era de noche ya. Alguna estrella parpadeaba en el firmamento y la bruma dibujaba celajes en torno a las luces callejeras. En silencio subieron al auto. Él conducía. Hacía frío aquella noche y ella habíase arrebujado en el abrigo como si todo su cuerpo estuviera entumecido y tratara por todos los medios de adquirir un poco de calor.

«—Apriétate contra mí —había dicho él, sin amabilidad en la voz—. Estás muerta de frío y cansancio. ¿Cuántas noches llevas sin dormir?»

No respondió. ¿Para qué?

Se casaron en una iglesia apartada, lejos de todos e ignorados de todos también.

«—Debiera llevarte a casa de mi madre —había dicho Hans de regreso a la ciudad—. Pero no pienso hacerlo por ahora. Me he casado contigo para tenerte a mi lado: A mi madre poco puedes interesarle.»

Ella continuó acurrucada en una esquina del interior del auto. Parecía ajena a todo, a él, al matrimonio que acababan de realizar, a su proximidad, a la intimidad de ambos en el futuro. Pensaba sólo en su decepción. Aun ahora, tendida en el lecho al lado de él, pensaba en lo mismo. En aquella decepción que no pudo evitar en los días que fueron transcurriendo.

Llegaron al piso. Era grande, espacioso, amueblado con un lujo delicado y exquisito. Y ella pensó: «Parece mentira que tenga tan buen gusto para decorar su casa y sea tan duro para el amor».

«—Os presento a mi esposa —dijo él, mirando a los tres criados negros que lo contemplaban con cariño—. Espero que sea tan respetada como si se tratara de mí mismo. Es vuestra señora.»

Fue amable hasta aquel extremo, pero ella no se lo agradeció. Después de todo, cara le costaba aquella amabilidad.

Cenaron juntos, bebieron una copa de champaña y luego ella pidió retirarse. Una negra la condujo a la alcoba matrimonial. Era amplia, lujosa también y en medio del inmenso salón se hallaba la cama ancha, grandísima.

Quedó allí. Un criado trajo su equipaje. Las horas que siguieron después se hallaban enturbiadas en la mente de Ivonne con nubecillas rojas, como de sangre. Humedeciéronse sus ojos al dejar de recordar, y suspiró.

—¿Qué tienes? —preguntó la voz inalterable.

Estremeciose. ¿Es que Hans no dormía?

Sintió las manos masculinas en su cintura y después...

—No dormía, Ivonne. Y tú me sentiste llegar, ¿no es cierto?

Aquellas caricias que debieran enloquecerla, la dejaban exhausta, indiferente. Hans lo notó. Hacía mucho tiempo que lo notaba, pero terco, esperaba que el corazón de Ivonne fuera tan suyo como su cuerpo.

—Mañana te llevaré a casa de mi madre. Aún no le he dicho que me había casado. Ha sido un mes para nosotros solos, Ivonne —susurró, pegando su cara a la de ella—. Tía Martha vendrá mañana a reunirse con nosotros. Espero que se lo digas tú. Ve mañana al sanatorio y díselo. Yo...

—Nunca pensé que fueras tan cobarde, Hans.

—¡Cállate!

Ella apretó el conmutador de la luz y se tiró del lecho. Cogió una bata y fue a sentarse junto a la ventana.

—¡Ivonne!

—Déjame en paz, Hans, ¿Es que ni siquiera puedo hacer lo que me plazca? Pienso ir al sanatorio, es cierto —añadió, con ira—, pero no quiero conocer a tu madre. ¿Para qué? Detesto todo lo que sea tuyo.

Y tú lo sabes muy bien.

Hans, con toda tranquilidad, abandonó el lecho, puso el batín y se dejó caer sobre la alfombra.

—No cabe duda que somos un matrimonio original —comentó filosóficamente, encendiendo un cigarrillo y fumando con aparente indiferencia.

Ella, con el rostro vuelto hacia él, lo miró con desprecio. Siempre aquella mirada, siempre aquella frialdad, siempre aquel silencio hostil...

—¿Por qué no nos separamos, Hans? —preguntó Ivonne, de pronto—. Ya has conseguido lo que querías. Yo no podré amarte jamás, jamás... ¿Qué esperas ahora de mí?

—El amor. Estoy seguro de que lo despertaré en ti, Ivonne. Siempre pensé que eras menos rebelde. Una vez dije que dos que se casan dejan de quererse. A tu lado no se puede dejar de querer porque cada día aportas al matrimonio una nueva emoción.

—Muy original.

Hans lanzó una gran bocanada y después se incorporó para tenderse de nuevo en la cama con batín y todo.

—Estoy rendido —observó cerrando pesadamente los párpados—. ¿Por qué no eres razonable, Ivonne? Llego a casa con el anhelo de verte contenta y siempre, invariablemente, te encuentro agriada. ¿Soy culpable de algo?

Ella cerró la boca. De buen grado le hubiese dicho lo que pensaba de él, del matrimonio y del amor, pero se abstuvo de hacerlo. No merecía la pena.

Permaneció mucho tiempo con la cabeza echada hacia atrás en el respaldo del diván. Cuando se incorporó miró a Hans. Dormía plácidamente. Despacio fue hacia él, se tendió a su lado y entonces los brazos de Hans la aprisionaron.

—No dormía, Ivonne —dijo quedamente—. Te esperaba.

No era bueno Hans. Había varias razones que justificaban aquella maldad. No ignoraba que su proximidad era un tormento para Ivonne y precisamente por ello cuanto más lo sabía, más se aproximaba. Reconocía, asimismo, los sufrimientos de Ivonne cuando la obligaba a quererlo, y no obstante, la obligaba a cada minuto, como si con ello se resarciera del desprecio que ella le entregaba a cambio de sus caricias. Ivonne se preguntaba si Hans no estaría cansado ya o próximo a cansarse de su insensibilidad, mas los hechos demostraban que Hans no buscaba de ella una correspondencia a su cariño.

Aquella tarde se hallaba sola en la salita de estar. Hacía frío y el pavimento de la calle estaba húmedo. Ivonne tenía los nervios alterados, quizás a causa de la inseguridad absurda de su vida o bien por el hecho de saber que Hans iba a llegar de un momento a otro. Estaba muy bella. Tal vez más bella que nunca, a juzgar por el brillo melancólico de sus ojos, por la tersura de la piel mate que sabía de caricias y besos y la morbidez de su cuerpo.

Vestía un trajecito de calle, un casquete negro sobre la cabeza, el abrigo de visón que él le había regalado dos días después de casarse tirado ahora como al descuido por los hombros esbeltos y un pañuelo de colorines delicado y fino anudado graciosamente en la garganta. Calzaba zapatos de altos tacones y en aquel instante en que se abrió la puerta del saloncito, poníase los guantes sin prisa alguna.

La figura masculina se perfiló en el umbral. Los ojos rabiosamente azules interrogaron:

—¿Adónde vas? —preguntó, tras una pequeña vacilación, yendo hacia ella.

—Al sanatorio. Quiero hablar con tía Martha.

—Me parece muy bien. Pero antes iremos a casa de mi madre. Le he telefoneado comunicándole mi matrimonio.

Ella ni siquiera elevó los ojos para mirarlo. Pero sintió las manos de Hans en su cintura. No se estremeció. Ivonne ya no se estremecía por nada.

—Y tu madre se pondría muy contenta.

—En efecto. ¿Cómo lo sabes?

Ivonne se separó. Hans, sin quitar el gabán, fue de nuevo hacia ella y la cogió por el brazo.

—Vamos, tengo el auto fuera.

Caminó sin rebelarse. Tal vez lo que esperaba Hans era rebeldía por su parte, pero Ivonne había aprendido a dominar sus impulsos, y sumisa e indiferente soportaba las vicisitudes de aquel matrimonio impuesto contra todo razonamiento.

—No te he conocido hasta que me casé contigo —dijo él, una vez sentado ante el volante.

Ivonne se acomodó a su lado. El auto rodó lento por la calle asfaltada y húmeda.

—No es preciso que te esfuerces en conocerme más. ¿Para qué? Un día cualquiera esto terminará.

—Por mi parte no pienso terminarlo nunca, Ivonne —repuso Hans sin inmutarse—. No creas que soy de los que andan cambiando de mujer a cada instante. —Y luego, riendo, añadió—: Si algún día dejo de quererte...

—¿De quererme?

La risa de Hans se hizo más fuerte.

—Si algún día dejo de desearte —rectificó con cinismo y crueldad— es porque desearé a otra. Y entonces os tendré a las dos. Porque no por ello prescindiré de ti, Ivonne. Tú eres la mujer que yo hubiese elegido entre mil aun sin amarte, ¿comprendes? Tú jamás me engañarás. Puedo ir al Congo y dejarte sola un año, dos, diez... Tú siempre me serás fiel. Tienes madera de mujer honrada, delicada, exquisita y esposa. La mujer que se casa y tiene madera de esposa, a su marido jamás deja de serle fiel, aunque no ame. Yo no tengo grandes motivos para creer en la fidelidad de las damas. Pero en ti tengo puesta toda mi confianza.

—Eres muy amable.

—No soy amable, Ivonne. Tú sabes que no soy amable en absoluto. Si dijeras que soy justo estarías más acertada. —La miró sin soltar el volante y añadió, despacio—: Siempre te he sentido vacía, absurdamente insensible entre mis brazos. ¿Es que no me amas? ¡Bah! Las mujeres no necesitan amar gran cosa para plegarse al marido. Pero tú eres de madera diferente a la generalidad de las mujeres. —Una rápida transición y añadió indiferente—: Mira, hemos llegado. Mamá Janet estará impaciente.

¡Mamá Janet! Ella jamás había dudado de la identidad de aquella madre de Hans. Pero el tener ahora la más absoluta certeza, sintió cierto escozor como si su padre desde el cielo la estuviera censurando. Como si le dijera: «Te has entregado al último hombre que yo hubiese deseado para ti, mi dulce Ivonne. ¡Yo que tanto había esperado de tu matrimonio!». Sintió que una lágrima enturbiaba su mirada y como si temiera que él lo notara, pues era celosa de su indiferencia, saltó a la acera sin esperar su ayuda e irguió el busto como si además de desafiar a Hans estuviera dispuesta a hacer otro tanto con Janet.

—Espero que disimules ante mi madre —dijo él, cogiendo su brazo—. Nuestra intimidad no interesa a nadie.

Ella encogió los hombros. Por supuesto no se sentía predispuesta a obedecerle.

Hans traspasó el umbral sin soltarla. Hacían una bonita pareja. Él, fuerte, musculoso, con el rostro cetrino, donde los ojos brillaban de un modo inusitado. Ella, esbelta, muy frágil, muy femenina, muy exquisita.

—¡Oh, señorito Hans! ¡Cuánto tiempo sin verlo! Lady Janet bajará al instante. ¿Debo felicitarle, señorito Hans?

—Naturalmente, Mitsy —rió, mirando a la negra—. Ésta es mi mujer.

—¡Qué bonita es, señorito Hans!

Y pensó, al mismo tiempo: «También muy orgullosa».

Lo parecía Ivonne por el semblante frío y por los ojos indiferentes que no sonrieron.

Mitsy se retiró presta después de conducirlos a través de varios pasillos. Hans le dijo que sabía el camino y antes de penetrar en el salón, la negra se esfumó.

—No debes comportarte así, Ivonne —observó él fríamente—. Van a formar un mal concepto de ti.

—No me interesa, Hans. Ni el concepto que ella pueda formar de mí, ni el que forme tu madre ni el que formes tú.

—Eres dura, Ivonne. Puedes decir con orgullo que ni después de un mes de casados has entregado tu personalidad de mujer.

—No pienso hacerlo nunca, Hans —repuso la joven, con naturalidad—. Te lo advertí antes de haberme casado contigo.

Se oyeron pasos en la estancia contigua. Hans clavó sus ojos en la faz serena de Ivonne y cogió con sus dos manos el rostro femenino.

—Quiero que seas amable con ella, Ivonne. ¿Me has oído? Tienes que serlo. Si no lo eres te juro que jamás olvidarás este instante.

Ivonne ni siquiera movió los ojos. Y entonces él, desesperado por aquella inmovilidad, aproximó su rostro y clavó sus labios en la boca apretada de Ivonne que no se estremeció, ni siquiera admitió el calor de aquella boca que pretendía destrozar la suya.

—Hola, hijos.

Hans a soltó al instante... Ivonne no movió un músculo de su rostro bellísimo, más bello cuanto más indiferente.

La dama avanzó apoyada en su bastón de ébano.

Miró a su hijo y después...

—¡Ivonne! —exclamó ahogadamente, precipitándose hacia ella. La cogió por el brazo y añadió, susurrante—: ¿Eres tú la esposa de mi hijo, Ivonne?

—Eso parece, tía Janet. —Y con ironía, miró a Hans, que mudo y absorto las contemplaba y prosiguió—: Ha sido una sorpresa para mi saber que eres la madre de mi marido.

—¿Lo ignorabas?

—Sí. —Mintió con aplomo—. De haberlo sabido, no me hubiese casado con él, tía Janet. Era un consuelo demasiado grande para ti, y la verdad, es que no deseaba consolarte en absoluto.

—¡Ivonne!

Ella miró a su marido y sonrió.

—No te alteres, querido —murmuró, con desenfado—. Tía Janet me conoce muy bien. Tal vez a mí no me conozca mucho, pero conoció a mi padre y yo tengo el orgullo de poder decir que soy igual que lo fue él. ¿No sabes? —prosiguió con cierta ironía burlona—. Tu madre y mi pobre papá eran hermanos.

Hans pasó una mano por la frente y limpió el sudor que no existía. Después contempló a su madre con mirada vaga.

—Nunca me hablaste de eso, mamá —observó, despacio.

—Ni pienso hacerlo ahora, Hans —saltó tía Janet, con su volubilidad acostumbrada—. No has conocido a tu tío Edgar, ¿verdad? Pues ahí lo tienes reencarnado en la figura despótica de su hija. Vas a ser feliz —prosiguió, mirando burlonamente a su sobrina— porque las Fossey jamás han hecho infelices a sus maridos, pero aun así hallarás muchos escollos en vuestra intimidad, porque Ivonne es Fossey y rebelde por naturaleza. No creas tampoco que no le satisface el hecho de que tía Janet se convierta en su madre política. ¡Bah! Ya ablandaremos ese orgullo. ¿Dónde demonios os conocisteis?

—He sido enfermera de tu hijo durante seis meses —dijo Ivonne sin inmutarse—. Y ha sido tan amable que...

—Nos tenemos que marchar, mamá —chilló Hans, atragantado, temiendo que Ivonne relatara allí mismo y sin titubeos los motivos por los cuales se había casado con él—. Vendremos a comer contigo mañana por la noche.

—Ahora estás casado, Hans. No hay razón para que vivas lejos de mí. Deseo que os instaléis en este palacio de tus antepasados y jamás te perdonaré que vivas lejos de tu madre. Por otra parte, no temas, Ivonne y yo nos vamos a entender muy bien aunque tú ahora creas lo contrario. Es hija de un hermano a quien he querido mucho, no sólo por parecerse a mí, sino porque era el único hermano. Siempre estuvimos muy compenetrados hasta que él se casó a disgusto de nuestros padres.

—Lo querías mucho —dijo Ivonne, con ahogada voz—, pero no fuiste a su entierro.

—Detesto las escenas fúnebres, Ivonne —repuso la dama, burlonamente—. Tú y yo somos iguales, querida mía. Por eso vamos a entendernos muy bien. ¿Te disgusta vivir conmigo, querida?

—De ningún modo. Casi lo prefiero.

—¿Estás segura, Ivonne? —preguntó Hans atragantado.

Y es que la evidencia de aquel parentesco próximo que desconocía, lo separaba aún más de su mujer. Él había tratado de envilecer a aquella muchacha que era, para mayor escarnio suyo, hija del hermano de su madre.

¿Cómo no se había dado cuenta antes de que era Fossey e igual, exactamente igual, que su abuela, la dama que presidía las paredes de la galería del palacio?

—Está bien —admitió sin entusiasmo—. Mañana nos instalamos a tu lado. —Miró a su madre y después a Ivonne—. Pero mi esposa tiene una tía, mamá, e Ivonne la quiere entrañablemente.

—Tal vez logre entenderme bien con tía Martha, hijo.

—¿Es que conoces la existencia de esa tía de mi esposa? —preguntó Hans con sincera extrañeza—. Nunca me hablaste de ellos, mamá.

—No pienso hacerlo ahora tampoco, hijo. Son cosas que pertenecen al pasado y ahora estamos viviendo un presente para mí muy halagador. No debo dudar en hacer una confesión, Hans —añadió, contemplando a su hijo con cariño—. Me agrada que sea Ivonne la elegida para dar herederos a nuestra casa.

El famoso galeno buscó avaricioso los ojos de su mujer esperando hallar en ellos vestigio alguno de emoción o pesar o de simple indiferencia. No encontró nada porque la mirada serena de Ivonne, aquella mirada que jamás se alteraba por nada ni por nadie, continuaba indiferentemente clavada en la galería del salón a través de cuyos anchos cristales se apreciaba el fresco paisaje frondoso, lleno de verdor.

—Me satisface que te agrade —dijo con acento vago—. Pero mejor hubiese sido que yo supiese que Ivonne pertenecía a nuestra familia.

Fue entonces cuando las pupilas de la joven se desviaron de la galería.

—¿Puede surgir algún cambio por esta casualidad, querido mío?

Hans se abstuvo de responder. Fue hacia su madre, la besó en ambas mejillas y después miró a Ivonne.

—Nos marchamos. Mañana efectuaremos el traslado a esta casa. Creo que es conveniente.

Ivonne dio un paso al frente en dirección a la puerta del salón.

—¿Es que no hay un beso para mí, Ivonne? —preguntó lady Janet, con cierta alteración.

Volviose la joven y la miró. Las miradas de Ivonne eran ciertamente desconcertantes, tanto para Hans, que hacía un mes que compartía con ella la intimidad de un hogar, como para la dama, que creía conocer a su hermano y, por lo tanto, a su continuadora. Mas lo cierto es que ni madre ni hijo conocían a Ivonne. No es que la psicología de Ivonne Fossey fuera muy intrincada, sino que la joven se había propuesto no ser derrotada en su orgullo de mujer y de heredera de los muy ilustres Fossey, y desde luego, ni lady Janet ni su hijo conseguirían ablandar su corazón ni hacer olvidar meses y meses de penuria y agobio.

—Creo que no lo necesitas, tía Janet —observó sin frialdad, pero indiferentemente—. No has necesitado mis besos jamás. Por el simple hecho de ser ahora esposa de tu hijo, no creo que los necesites tampoco. Por otra parte —añadió, haciendo caso omiso de la mirada alterada de Hans—, nunca fui partidaria de representar comedias. Y ahora tampoco. ¿Crees, acaso, que por darte un beso y que tú me lo devolvieras podría yo olvidar todo lo pasado? No —prosiguió sin alteración alguna en la voz, mirando con ojos serenos la faz contraída de la ilustre dama—. No te he querido nunca, tía Janet. Me has llamado despótica, cruel. Has dicho que entendía el orgullo de un modo equivocado... ¡Bah! Ésas son tonterías que jamás he tenido en cuenta. —Se inclinó un poco hacia delante y pasó los ojos por encima, de la erguida figura de su marido, que tenía los dientes apretados y la frente plegada en una profunda arruga—. Pero no he podido olvidar con qué cariño mi padre fue a darte un beso, atravesando muchos kilómetros para demostrarte que al perder a tu marido, él estaba allí para hacer más liviano tu dolor. Tú admitiste el beso, pero jamás se lo devolviste. Y lo viste marchar y no le preguntaste por su esposa. Y aquella esposa, tía Janet, había hecho muy feliz a tu hermano. Había aliviado su dolor y suavizado las muchas asperezas con que tropezó mi padre en el camino de la vida. Y después cuando ellos murieron, sabías que yo quedaba sola, sin capital, sin amparo, excepto el cariño de tía Martha... ¿Fuiste, acaso, a mi lado? ¿Me consolaste? ¿Me devolviste la visita...? ¡Bah! Yo era una poca cosa. Cuando te apeteció fuiste a verme y me reprochaste mi orgullo. Añadiste que era Fossey, pero no debía tener tanto orgullo porque me faltaban los dólares con que adornarlo. —Hizo una pausa y retrocedió hacia la puerta—. ¿Por qué me pides ahora un beso? Si ganas mi cariño te lo daré algún día. Si no lo ganas, ¿por qué había de dártelo?

—Pídele perdón, Ivonne —gritó Hans, fuera de sí—. ¿Cómo te atreves a hablar así?

La mirada de Ivonne cayó recta y fría sobre la faz de Hans.

—Lamento esta casualidad, Hans —dijo lentamente—. En realidad, no la esperaba. De haberlo sabido... tal vez no me hubiese enamorado de ti.

Y dirigiéndose a la puerta, dejando a Hans desconcertado, se alejó lentamente, tras de agitar la mano indiferentemente.

—Ve con ella, Hans —dijo la dama, yendo hacia su hijo con la sonrisa en los labios—. No le guardo rencor. Ha dicho toda la verdad. Pero no temas. También Edgar era impulsivo y después su genio se convertía en una caricia. Era muy bueno mi querido Edgar. Voy a querer mucho a mi hija, Hans, a tu mujer. Ve con ella, querido, y no riñas por esto, no merece la pena. Es una auténtica Fossey.

La boca de Hans emitió un gesto vago y tras de golpear cariñosamente la mejilla rugosa, se reunió con su mujer en el auto.

—Eres algo rebelde, Ivonne. Pero mamá no se enfadó.

—Tanto me da, Hans. Ni siquiera me importa que te enfades tú.

Y extrayendo un cigarrillo del bolsillo de Hans, lo encendió y lo puso en la boca masculina.

—Como puedes observar, aprendí bien la lección.

—Me gustaría conocerte hoy, Ivonne —dijo él, aspirando el humo y mirando la carretera por donde corrían ahora en dirección al sanatorio—. Todo hubiese sido muy diferente.

—Quizá no.

—Has dicho algo de enamorarte de mí, Ivonne.

La joven sonrió.

—Supongo que no te lo habrás creído, Hans. Por otra parte, no creo que te interese mucho mi amor.

—¿Y si estuvieses equivocada y me interesara?

—Lo lamentaría.

Hans apretó los labios sobre el pitillo y no pronunció respuesta alguna. Su mano derecha cayó sobre la rodilla de Ivonne y la oprimió fuertemente. Después, cuando hubieron transcurrido unos minutos, murmuró:

—Espero que lady Janet jamás se entere de las circunstancias en que se realizó nuestro matrimonio. Es lo único que te pido, Ivonne. He cometido un error, ciertamente, al enfrentarme contigo, pero sigo sintiendo por ti lo mismo que sentía el día en que te enfrenté en mi despacho del sanatorio. Es preciso que no lo olvides. También deseo que lo ignore tu tía Martha.

—No me interesa pregonarlo —repuso la muchacha—. De otra forma, lo hubiese dicho pese a tus ruegos.

Dos

Tía Martha, un poco más pálida, un poco más flaca, la miró dulcemente cuando la joven perfiló su figura en el umbral.

—¿Cómo estás, tía? Hans me ha dicho que mañana puedes trasladarte a casa.

—Lo estoy deseando, Ivonne. No me explico cómo puedes arreglarte sola: tú tan delicada y tan poco acostumbrada a las faenas caseras.

—Tengo seis criados a mi servicio, tía Martha —rió Ivonne, cariñosa—. No he movido una paja desde que te trasladaron aquí.

—Sigues tan irónica como siempre, hija mía. Tal vez si viviese tu padre los tendrías, pero ahora...

Ivonne creyó que había llegado el momento de confesarle la verdad, mejor dicho, parte de la verdad, puesto que no pensaba relatar los hechos tal como ocurrieron, pues no sólo lo hacía por la tranquilidad de Hans, sino por la suya propia y por la de tía Martha antes que nadie.

Inclinó un poco el busto y se sentó junto al lecho, cogió una mano de la dama y sonrió.

—No es ironía, tía Martha. Es la pura, la absoluta verdad.

La enferma se incorporó un tanto.

—Ivonne, casi voy a creerlo porque esas ropas que vistes son demasiado costosas para llevarlas una enfermera. ¿Quién te regaló ese abrigo de visón?

—Mi marido, tía Martha. Me he casado sin tu consentimiento. Espero me perdones. —Cerró un poco los ojos y añadió con acento vibrante—: Me he casado con Hans Keibert y estoy profundamente enamorada de él. ¿Recuerdas al hombre que me perseguía y del que tú temías? Pues hoy es mi marido y soy feliz, ¿sabes? Infinitamente feliz. Y tengo, además, otra noticia que comunicarte. Mi marido resultó ser hijo de tía Janet.

La cabeza de tía Martha cayó de nuevo hacia atrás y cerró los ojos fuertemente, como si pretendiera cerciorarse de que estaba despierta.

—Me asombras, Ivonne. ¿Cómo no me lo has dicho hasta hoy?

—Las emociones fuertes no te convenían.

—¿Y dónde está ahora tu marido, Ivonne? Ayer vino a verme, y aunque observé que me trataba con deferencia desusada en él, no me dijo que fuese tu marido.

—Había reservado la noticia para mí. Ahora estará en su despacho. Yo voy a reunirme con él, tía Martha. Cuando salgamos vendremos los dos a despedirnos. ¡Ah! Y ya sabes, tía —añadió, besándola en ambas mejillas—, mañana nos trasladaremos al palacio de tía Janet. Tú vendrás con nosotros.

—¿No será mejor que viva en mi casita, Ivonne?

Ivonne la abrazó fuertemente.

—Nunca podré vivir si te tengo lejos —dijo, sincera—. Te necesito casi tanto como a mi marido.

Minutos después, sin llamar, penetró en el despacho que ya conocía. En los pasillos encontraba a sus antiguos compañeros. Un saludo respetuoso, lleno de admiración, una sonrisa amable, una frase halagadora por parte de sus amigas... Todas las brumas habíanse desvanecido. Las dudas, las sonrisitas falsas... Era la esposa del director. Otra se hubiera sentido halagada. Ella experimentaba una honda decepción.

—¿Dónde estás, Hans? —preguntó, cerrando la puerta.

La figura del director se hallaba cerca, allí, apoyado en el ventanal con el cigarro en la boca. Al verla la contempló fijamente. Y la joven se dijo que Hans en aquel instante estaba pensando en ella, en cómo la había visto allí por primera vez erguida y desafiadora.

—¿Ya se lo has dicho? —preguntó, avanzando.

—Está convencida de que te amo apasionadamente.

Los brazos de Hans cayeron sobre la cintura femenina y la arrastró hacia su cuerpo.

—¿Y por qué no puede ser verdad? —susurró, antes de aplastar su boca contra la de ella.

Ivonne intentó desasirse, pero Hans estaba en aquel momento como enloquecido.

—Di —gimió, apretando los labios sobre los ojos muy abiertos de la muchacha—, ¿por qué no puede ser sincero ese apasionamiento? ¿Qué filtro voy a tener que darte para que dejes de atormentarme con esa impasibilidad?

—No puedo quererte, Hans.

—Al menos simula que me quieres.

—¿Y te conformarás?

Sin responder acarició con sus labios todo el rostro femenino, y al llegar al borde de la boca de Ivonne, musitó:

—No, Ivonne, no me conformaría. No quiero un simulacro. Quiero la sinceridad de un cariño enloquecido. Y yo sé que tú sabes sentirlo así.

—¿Por ti?

—No. Por quien sea cuando te llegue la hora.

—La apretó un poco y añadió con los labios juntos—. Ivonne, cuando lo sientas tiene que ser por mí, ¿comprendes? Me di cuenta de muchas cosas esta tarde. He comprendido que soy un insensato y un malvado. Pero aún estoy a tiempo de rectificar y quiero que tú me enseñes.

Ella se desasió de sus brazos y fue a sentarse en un sillón mullido y cómodo. Miró a Hans, que aún permanecía tieso y firme de pie junto a ella, y sonrió de un modo vago.

—No tengo intención alguna de compenetrarme contigo, Hans —dijo, sincera—. No te amo ni te amaré nunca. No pensé que tú desearas mi amor, puesto que antes de casarnos me aseguraste que sólo un propósito te animaba a ir al matrimonio. Ese propósito u objeto, como quieras llamarlo, ya lo has conseguido. ¿Por qué eres exigente ahora? Si quieres amor tendrás que buscarlo en otra mujer. Yo estoy quizás endurecida, tal vez me has endurecido tú o los acontecimientos... ¡Qué más da! La verdad es que no debes exigir de mí más de lo que ya te di. Amaba mi libertad, Hans —añadió, calladamente—. Mi gran libertad y mi gran inocencia. Me has robado la libertad, y dime —preguntó, mirándolo de frente sin titubeos—, ¿qué has hecho de mi inocencia?

—Ivonne —murmuró él, sentándose en el borde del sillón que ocupaba la joven y pasándole un brazo por los hombros—, los dos podemos poner un poco de nuestra parte. Yo no sabía que tú eras mi prima, que pertenecías a los Fossey.

—No creo que ello signifique algo nuevo, Hans. Era tu mujer y tú debieras respetarme. ¿Es que el hecho de ser tu prima, además de esposa, implica algo en nuestras relaciones matrimoniales?

Él, desconcertado, apretó los labios.

—No me has comprendido, Ivonne. Fui malo contigo, es cierto. Tal vez de haber sabido que eras mi prima no lo hubiese sido.

—¡Qué importa todo ya! Ahora estamos casados y debemos continuar hacia delante. Tú no puedes casarte de nuevo y yo no pienso hacerlo tampoco, aunque tú te murieras.

—No obstante, aunque no tengas intención de contraer un nuevo matrimonio, para ti supondría una liberación que yo desapareciera, no sólo de Nueva York, sino del mundo.

Ivonne se puso en pie.

—Pues no, Hans, Me he acostumbrado a ti y no sentiría ninguna satisfacción si te murieses.

—De todos modos, yo prefería que lo dijeras con menos indiferencia. Esta respuesta fría e impersonal supone para mí una gran decepción, Ivonne, porque ello me demuestra que en tu corazón no existe ni la más pequeña esperanza para mí.

—Creo que no te importa gran cosa, Hans, o mucho has cambiado en el solo espacio de unas horas.

Él irguió el busto y emitió una risita de aquellas que tanto ofendían a la joven.

—Vamos a continuar como ahora, Ivonne —dijo—. Lo pasamos muy bien. Yo tengo lo que deseo. Tú tienes trajes y joyas y la admiración del mundo que te sabe mi esposa. ¿Por qué me empeño en buscar corazón donde no lo hay? —Y sin admitir respuesta, añadió presuroso—: Marchémonos a casa. Dentro de dos horas tengo que volver. Comeré contigo. Hoy dormiré en el sanatorio. ¿Vamos, querida?

Estaba sola, tendida en el lecho con los ojos casi cerrados vueltos hacia la pared tapizada. Desde que se casó con él, jamás había analizado su corazón hasta aquel instante de recogimiento y soledad. Pensaba en la existencia de ella cerca de Hans. Le había proporcionado muchas desazones, pero también, ¿por qué negarlo? aun con pocas alegrías Hans le enseñó a ser mujer, a ser esposa y a ser amante. La martirizó con sus caricias, la enloqueció con sus besos y pese a su indiferencia, ella sentía algo, algo indefinible cuando Hans se acercaba y la miraba con aquellos ojos profundos que exigían y torturaban y al mismo tiempo acariciaban su corazón y sus sentidos. Al fin y al cabo ella era mujer. Ahora mismo, la ausencia de Hans producía en su ser un desconcierto y hasta cierta pena que no sabía a qué atribuir. Se había acostumbrado a la proximidad de Hans. Tanto si Hans era malo como si no, pero lo cierto, lo desconcertante era que ella necesitaba a su marido. Acostumbrada a sus arrebatos, compenetrada con Hans aunque exteriorizara lo contrario, su ausencia suponía para Ivonne la ausencia total no sólo de su marido, sino de sí misma, que lejos de él parecía suspendida en el vacío distante del mundo y de los seres humanos.

Suspiró y ladeó la cabeza en la almohada. Creyó que Hans aún podría llegar. Espió todos los ruidos nocturnos y entornó los maravillosos ojos porque la brisa de la noche agitaba los árboles de la próxima plaza, pero ello no significaba que el motor del auto de Hans se oyera aproximarse.

«¿Es que estoy enamorada de mi marido?», se preguntó desconcertada, oyendo los latidos presurosos de su corazón.

Negó rotundamente. Ella no amaba a Hans, no podría amarlo nunca pero, en cambio, lo necesitaba en su vida y lo admitía sin titubeo alguno.

Cuando despertó a la mañana siguiente, sintió los pasos de alguien que se aproximaba. Entreabrió perezosamente los ojos y volvió a cerrarlos.

—¿Aún así, Ivonne?

Se incorporó bruscamente y abrió los ojos por completo.

—¡Ah, eres tú, Hans! ¿Qué hacen en la casa que hay tanto ruido?

Hans quitose la americana y buscó en el baño el batín. Lo vio hundirse en una butaca y despojarse de los zapatos. Por un instante pensó si Hans habría pasado la noche en el sanatorio o con... otra mujer. Esta idea la torturó por un instante, pero se libró muy bien de exteriorizarla, no sólo celosa de sus intimidades, sino en evitación de causar la hilaridad humillante de su marido.

—Voy a ponerme cómodo —dijo él, sin adivinar los pensamientos de Ivonne—. He pasado la noche de pie en el quirófano y la verdad es que me duelen horrores los pies. —Elevó los ojos y sonrió con aquella media sonrisa que tanto lastimaba a su esposa—. ¿Has dormido bien, querida?

—Perfectamente.

Estaba muy bonita con el cabello suelto en cascada y los labios húmedos. La tela suave del camisón de dormir hacía más esbelto su cuerpo, dejando al descubierto la morbidez de sus hombros y su cuello terso y suave. Hans la contempló suspenso. Después se puso en pie quizá con objeto de ir hacia ella, pero Ivonne se tiró del lecho, se cubrió con una bata y sin mirarlo encerrose en el baño.

Cuando salió minutos después, Hans permanecía en el mismo sillón con la cabeza echada hacia atrás y dormido al parecer. Sintió cierta dulzura hacia él. No sólo porque era su marido, sino porque había pasado la noche en pie y ello ponía sombras de cansancio en torno a los ojos ahora suavemente cerrados.

—¿Duermes, querido?

Avanzó cautelosa y se inclinó hacia él.

—¡Oh! Me has arrancado de un éxtasis maravilloso, Ivonne. —Aprisionó las manos femeninas y las besó una y otra vez en las palmas abiertas—. Tengo un sueño terrible, Ivonne ¿Podrías entornar las persianas y dejarme dormir plácidamente hasta las once? Ahora son las nueve, querida.

Ella aprisionó el rostro masculino con sus manos. Por un instante sintió el imperioso deseo de prender aquella boca con sus propios labios, pero se contuvo. ¿Por qué había de hacerlo? ¿Es que en realidad echaba en falta los besos de Hans?

—¿Qué te pasa, Ivonne? Tus ojos brillan de un modo raro.

—Tiéndete en el lecho, Hans —murmuró la joven, soltando su cara—. Creo que necesitas dormir profundamente. Entornaré las persianas y dormirás unas horas.

—Es que estamos trasladándonos a casa de lady Janet, Ivonne.

—No te preocupes. Yo lo dispondré todo.

Dio la vuelta. Hans se puso en pie perezosamente y con ansiedad se tumbó en la cama.

—Ivonne —llamó.

—¿Qué quieres?

—Ven un momento.

La muchacha retrocedió hasta el borde del lecho. Era bonita Ivonne. Los ojos cansados de Hans la vieron aquella mañana más hermosa que nunca dentro de una dulzura desusada en ella. Cogió la mano femenina y la apretó entre las suyas.

—Ivonne, antes de marchar, quiero decirte que me estoy acostumbrando muy mal. Dime, Ivonne, ¿te desagrada nuestra intimidad?

—No hables de eso, Hans.

—Quiero hablar, Ivonne. Necesito hablar aunque sólo sea un instante. Dime, querida, ¿te parezco tan malo? ¿Crees que lo soy en realidad?

Los labios de Ivonne se distendieron en una sutil sonrisa coquetona.

—Pienso, Hans, que eres algo mejor de lo que yo creí en un principio.

Hans tiró de aquella mano y enseguida el rostro de Ivonne estuvo casi materialmente pegado al suyo.

—Ivonne —dijo, bajito—, te necesito en mi vida, ¿sabes? Nunca sentí por mi primera mujer lo que ahora siento por ti. Cierto que hay dudas y celajes en nuestro matrimonio. Lo hemos realizado en circunstancias anormales. Pero ahora... No sólo necesito tus besos, Ivonne. ¿Comprendes? Necesito también el mirar profundo de tus ojos, la caricia de tu mano que sólo esta mañana la sentí alentadora y dulce en mi rostro... Ivonne —añadió más bajo aún, rozando con sus labios la mejilla arrebolada—, necesito tu cariño. Jamás has devuelto mis caricias. No me quieres, ¿verdad?

—No hablemos ahora de eso.

—Necesito hablar, Ivonne. Ayer me dijiste que jamás podrías amarme. ¿Es cierto?

—Duerme, entornaré las persianas.

—¿Y te irás sin darme un beso?

Los labios femeninos temblaron casi imperceptiblemente. No obstante, mantúvose quieta, casi rígida.

—Ivonne, por caridad, ¿me das un beso?

La joven incorporó el busto y retrocedió.

—Eres pesado, Hans. ¿Cuándo me has preguntado si me gustaban? Los tomabas y nada más. —Una rápida transición y le volvió la espalda—. Descansa. Creo que estás un poco loco esta mañana.

—¡Ivonne!

El grito produjo en la joven un sobresalto. Se detuvo en seco, pero no avanzó.

—¿Qué deseas ahora?

—Ven. ¿Me oyes, Ivonne? Ven inmediatamente.

La muchacha se mantuvo rígida. Ya no había en los ojos de Hans dulzura ni súplica alguna. Aquellos ojos que sabían ser malvados y autoritarios ordenaban una inmediata aproximación, pero ella, rebelde y fría, no se aproximó.

—No lo haré, Hans. Saldré ahora mismo de la alcoba y sígueme si te atreves.

Y con brusquedad, salió y cerró la puerta.

El traslado se efectuó aquella misma tarde.

No había vuelto a ver a Hans. Supo por un criado que el doctor Keibert había salido hacia el sanatorio al mediodía y esperó pacientemente que volviera. A las dos llamó una enfermera por teléfono anunciando que el director había salido de viaje y que ignoraba la fecha de regreso, aunque se suponía que tendría lugar dentro de pocos días, dado el trabajo que dejaba en el sanatorio. Un tanto desconcertada, Ivonne miró a Janet. Y ésta sonriendo, manifestó:

—Esos viajes de Hans son muy frecuentes, querida. Menos mal que ahora me tienes a mí.

—No te necesito para nada, tía Janet —rió ella burlona.

—Lo supongo. Mas algún día reconocerás lo contrario. No soy tan mala como tú supones, Ivonne. Me satisface mucho que seas la esposa de mi hijo y me siento absolutamente feliz viéndoos a los dos a mi lado. —Se inclinó hacia su sobrina y añadió cariñosa—: Ivonne, tú eres, precisamente, la mujer que necesitaba Hans. Con otra no hubiera sido feliz. A tu lado yo sé que lo será. No sólo porque eres una mujer bellísima, sino porque tienes una personalidad que no puede Hans anular. Y esto es muy importante para la felicidad de un hombre como mi hijo. Si no lo conoces lo suficiente, Ivonne, yo te ayudaré a conocerlo. Sobre todo, cuando el tic nervioso de su ojo izquierdo se acentúa, no le contraríes, porque entonces puede suceder una catástrofe. Hans no es un ser pacífico, Ivonne. Hay en su interior un poco de ángel y otro poco de demonio. Ambas cosas bien administradas están muy bien, pero no trates de separarlas porque entonces el demonio saltará por encima del ángel y adiós ecuanimidad masculina.

—Todo eso no lo ignoro, tía Janet —respondió Ivonne, un poco más cariñosa—. He vivido con Hans el tiempo suficiente para conocerlo bien. He sentido el demonio de Hans más de una vez y he palpado su ángel menos veces, pero alguna sí.

La vida durante aquellos primeros días se deslizó callada y tibia. Tía Martha, un tanto recelosa, se encontró en el hogar de lady Janet como en su propia casa. Al parecer, la dama se sentía profundamente agradecida a Ivonne, puesto que se deshacía en bien de su hija y de su tía. Tía Martha no podía vivir sin ocupación. Así pues, pidió a lady Janet que le proporcionara algún trabajo. Ésta admitió de buen grado el concurso de tía Martha y le propuso gobernar la casa, pues ella se hallaba ya cansada de manejarla y el ama de llaves era demasiado anciana.

Tía Martha sonrió feliz. Aquella ocupación le absorbía el tiempo. Departía todas las tardes con lady Janet y se acostumbró bien pronto a aquellas charlas que a ambas les recordaban sus tiempos juveniles.

Transcurrieron tres días. Ivonne esperó recibir una postal, una llamada telefónica o una carta. Pero contra lo que suponía no llegó mensaje alguno del ausente.

—Antes de presentarse aquí, anunciará su venida —dijo tía Janet, muy convencida.

Ivonne pensó que por una vez la dama no conocía las reacciones de su hijo. Estaba segura de que Hans llegaría sin anunciarse. Y, desde luego, no se equivocó.

Tres

En el saloncito había tres mujeres. Tía Martha tejía una linda prenda destinada a los pobres de lady Janet, ésta devanaba una madeja con ayuda de Ivonne, y los ojos jóvenes miraban sin ver el rostro rugoso de la dama a quien había perdonado todos los resquemores que poco a poco fue ahuyentando de su corazón rencoroso. No los perdonó tan sólo por el hecho de que tía Janet lo mereciera, sino porque era madre de Hans, y ella... en el transcurso de aquellos días largos y torturados había aprendido a quererlo porque habían sido solitarios e interminables sin la sombra del hombre que, cariñoso o déspota, había formado en su vida un nido acogedor y loco. Sí, Ivonne amaba a Hans. Lo amaba precisamente por sus maldades y por sus virtudes que, aun cuando él creyera que no existían, la esposa silenciosa y dócil las había palpado más de una vez. Y amaba a Hans porque era mujer y él era un hombre y le había enseñado a querer en la intimidad de ambos; unas veces con violencia, otras con suavidad. Ella amaba en Hans todo, sus arrebatos, sus silencios, sus rebeldías, sus caricias enloquecidas, sus besos malvados, los apretones de manos, los insultos... Todo era suyo porque ella lo había querido así. Suyo violento y suyo sumiso.

—¿En qué piensas, Ivonne?

Sobresaltada elevó los ojos.

—No pensaba en nada determinado —mintió.

—Bien. Pues procura no enredarme la lana.

Ivonne sonrió.

—Perdona, tía Janet... Quizás estuviese algo distraída.

De súbito se oyeron pasos en la antesala. Pasos inconfundibles que pusieron en el corazón femenino danzas enloquecidas. Abrió los ojos desmesuradamente, aquellos ojos grandes e inmóviles que atormentaban a Hans. Y éste perfiló su figura en el umbral y abarcó el cuadro de una sola ojeada; tía Martha tejiendo; su madre enrollando una madeja que las manos de... Ivonne sostenían. Lady Janet, sentada en un diván. Ivonne a sus pies en el suelo, vestida con una simple faldita de franela y una blusa aprisionando el busto. Los cabellos sueltos en cascada y la mirada soñadora vuelta hacia él.

—Hijo —exclamó la dama alegremente.

—Hola, muchacho —saludó tía Martha, con dulzura.

Ella no dijo nada. Se puso en pie despacio y quedó rígida en medio de la estancia. Los ojos de Hans pasaron sobre ella sin apenas rozarla. Luego avanzó hacia su madre y la besó en la frente. Hizo otro tanto con tía Martha y después caminó hacia la muchacha.

—Hola, querida —dijo tan sólo.

Se inclinó y sus labios rozaron los de Ivonne. Fue una cosa muy vaga, pero Hans hubiese jurado que por primera vez el cuerpo insensible se estremecía casi imperceptiblemente. Le pasó un brazo por los hombros y la atrajo hacia sí.

La llevó luego al diván y sin soltarla se sentaron ambos.

—¿Dónde has estado, Hans? —preguntó la madre.

—Realizando un viaje de inspección. Ya estoy cansado de tanto ir de un lado a otro.

Su brazo descansaba en los hombros femeninos.

Y los dedos acariciaban como inconscientes la mejilla satinada. Pero no la miraba. Ivonne sentía que el brazo era cada vez más turbador pegado en su cuello. Y aquella mano bajó hasta el busto y la apretó. La apretó fuertemente, como si no estuviera haciendo nada. Su voz pastosa y rica en matices continuaba dirigiéndose a tía Martha y a su madre, pero la mano la acariciaba a ella y ella no tenía valor para separarse porque había deseado aquellas caricias durante días y días interminables.

—Estoy rendido —dijo al fin—, deseo descansar.

Pero no se movió. La mano subía y bajaba por la cintura en una caricia lenta y callada. Y la joven, que a cada segundo transcurrido se sentía más nerviosa, se puso bruscamente en pie.

—¿Adónde vas, querida? —preguntó él, mirando de frente por primera vez.

—A cerrar la ventana. Es muy tarde y la brisa de la noche perjudica a tía Martha, que se halla sentada bajo el ventanal.

Él sonrió. Aquella sonrisa le hizo daño a Ivonne. Porque leyó en ella estas o parecidas palabras: «No es la ventana lo que te preocupa, querida ingenua. Es mi proximidad».

—Entonces nos retiramos —dijo, dirigiéndose a su madre y a tía Martha—. Me llevo a Ivonne.

La cogió por un brazo. Ivonne se desprendió. Había humedad en sus ojos.

Se inclinó hacia sus tías y las besó en ambas mejillas. Luego agitó la mano y fue de nuevo hacia Hans a quien prendió por un brazo.

—Buenas noches —deseó, mirando a las damas.

Se cepillaba el cabello. Sus dedos temblaban y Hans, que salía en aquel momento de fumar un cigarrillo en el balcón, la miró a través del espejo.

Sus ojos parecían caricias al clavarse en su mujer. Súbitamente se inclinó y besó el cuello femenino.

—Estás más bonita que cuando te dejé —dijo calladamente. Y como ella no respondiera, sus dos manos sujetaron el rostro de Ivonne y lo lanzó hacia atrás. La besó en los labios. Hacía mucho tiempo que Hans no besaba a su mujer y lo hizo con ansia, desesperadamente, como si estuviera contando los minutos que le faltaban para sentirla cerca de él.

—Ivonne —susurró soltándola.

—¿Qué?

—Ven. Quiero que desde el balcón contemples la noche. Es una noche silenciosa, impresionante y bella.

La cogió por la cintura. La suave tela de la bata se pegó al cuerpo esbelto. La mano de Hans, aquella mano nerviosa y fuerte, acarició la breve cintura. Apoyó la espalda en el marco y sus dos manos abarcaron el cuerpo de Ivonne. Lo apretó contra sí.

—Tenía deseos infinitos de regresar, Ivonne —susurró quedamente pegando sus labios a la garganta de la muchacha—. Me acostumbré al hogar, al silencio de la alcoba común, a tu proximidad... Lo cierto es que necesitaba llegar para sentirte así.

Ella nada dijo. Aún no había dicho nada desde que él llegó. De decir, tendría que confesar que lo necesitaba, que aquellos días lejos de él habían sido duros y pesados, que echaba en falta las caricias turbadoras, los besos enloquecidos... Y no podía decirlo. No debía decirlo porque él no la quería, la deseaba tan sólo y aquel deseo era una humillación para la mujer.

Calló él también. Ivonne sentía el palpitar de aquel corazón masculino acompasado y lento. Y sentía los labios ir de su garganta a la mejilla, a los ojos, a los labios después, donde se detenían avariciosos y quietos.

La soltó un tanto y penetró en la alcoba.

—Vas a coger frío —susurró bajito—. Cerraré el balcón.

—Déjalo así —repuso Ivonne calladamente—. Durante estas noches desde el lecho contemplé el brillo de las estrellas y la cara redonda de la luna. Me sentí reconfortada.

—No he conocido una mujer como tú, Ivonne.

—Es que siempre anduviste con mujeres que no tenían espíritu.

—¿Tú crees tenerlo?

—Estoy segura de ello.

—Ven. Déjame besarte otra vez. Cuando llegué y te vi al lado de las dos mujeres que tanto tuvieron que ver en tu vida, me sentí humillado. Fue como si de pronto comprendiera que eras más de ellas que mía. ¿Es cierto eso, Ivonne?

—Tía Martha me ganó con su cariño —susurró casi sin voz, ahogada por el abrazo—. Tía Janet me está ganando ahora. Y tú me conseguiste sin ganarme previamente. Me tomaste como si fuera un objeto, Hans, ¿comprendes? Como si fuera un objeto de más o menos valor, pero objeto tan sólo que servía para satisfacer un capricho.

—No digas eso. Ahora estamos más compenetrados.

Le tapó la boca con la mano y la levantó en vilo.

Las cortinas de la ventana se agitaban dulcemente. Allá, a lo lejos, las estrellas brillaban más que nunca y la luna se ocultaba ruborosa tras una nube.

Ivonne se levantó muy temprano. Cerró el balcón y se hundió en el baño con placer desconocido en ella. Luego, vistiendo un traje de calle, en la mano la mantilla y el devocionario, miró a Hans que dormía plácidamente con la cabeza ladeada en la almohada. Lo acarició con sus ojos inmensos, muy abiertos, y después lentamente bajó las persianas y salió de la alcoba.

Los criados comenzaban sus faenas cotidianas. Tía Martha iba de un lado a otro ordenando las labores.

—Mucho has madrugado, Ivonne.

—Voy a misa, tía Martha. Si llama Hans se lo mandas a decir por su criado. No obstante, yo volveré enseguida.

Gentil, bonita, delicada y siempre tan femenina, la figura esbelta se perdió en el vestíbulo y luego en el parque.

Cuando regresó, Hans ya se había ido camino del sanatorio.

Se sintió desilusionada. Nunca pensó que él pudiera marchar aquella mañana sin verla de nuevo.

Hundiose en el borde del lecho y sujetó las sienes con ambas manos. Inútil pensar. ¿Para qué? Amaba a Hans. Lo amaba profunda y desesperadamente, como siempre había soñado amar. Elevó los ojos, y mirando hacia el balcón donde la noche anterior había permanecido ella apretada en los brazos de Hans, se dijo calladamente:

«Pero Hans no me ama. Me necesita en su vida. Soy joven, bella y atractiva. Hans no ama en mí mis virtudes, mi condición de mujer honrada ni mi espíritu. Ama tan sólo mi belleza y eso para mí es una humillación».

Se puso en pie. Dio algunas vueltas por la estancia y después pegó la frente ardorosa al cristal frío del ventanal.

Al mediodía, Hans llamó por teléfono. Dio la casualidad de que fue ella la que cogió el auricular en el vestíbulo. Al sentir la voz de Hans al otro lado, se estremeció.

—Hola, Ivonne. No esperaba hallarte en casa.

—¿Adónde puedo ir a esta hora?

—Has salido muy temprano, Ivonne —rió él despreocupado—. Creí que no regresarías aún.

—Fui a misa.

—Ya. Eres muy devota. —Una rápida transición y añadió—: No me esperéis a comer, Ivonne. Vendré tarde. Aquí hay mucho trabajo atrasado. Oye, Ivonne, he recibido invitaciones para un baile que se celebra esta noche en casa de unos amigos. ¿Quieres acompañarme?

Tardó unos minutos en responder. Después...

—Bueno.

—Te recogeré a las once y media. Tengo aquí un traje de etiqueta e iré vestido. Te ruego que estés dispuesta para esa hora. Ah, y ponte muy bonita. No me gusta que mi esposa desentone al lado de otras mujeres.

—No te haré quedar mal —repuso secamente.

Y colgó.

Cuatro

Hans Keibert acababa de llegar al hogar. Las dos damas, en el saloncito, lo miraban sonrientes.

—Estás muy bien, Hans —comentó tía Martha, con sinceridad—. Nunca te he visto vestido de etiqueta y la verdad es que te favorece. Pareces más esbelto.

—Gracias por el halago, querida tía —rió Hans, burlonamente—. ¿Dónde demonios se habrá metido Ivonne que no baja?

—Hace un instante aún se hallaba a nuestro lado. Pero Ivonne no es remilgosa para vestirse —observó lady Janet—. Poco necesita para embellecerse.

—Iré a buscarla.

No la había visto desde la noche anterior. Y tenía que verla cuanto antes. Lo deseaba, lo necesitaba quizá para su tranquilidad espiritual y material. Atravesó el pasillo y minuto después ascendía hacia la alcoba que compartía con aquella muchacha bella e indiferente que lo sacaba de quicio con su inmutable insensibilidad.

¿Qué tendría que hacer para que Ivonne le amara? Aquellas manos bellas, finas y aladas que deseaba sentir sobre su rostro en una eterna caricia, nunca se habían ofrecido a acariciar. O Ivonne era una mujer insensible o jamás se dispondría a perdonar el supuesto daño que pudiera haberle hecho.

Abrió la puerta sin llamar, justamente cuando la joven se disponía a colocar sobre los hombros la capa de piel. Quedó envarado, quieto, impresionado bajo el poder luminoso de aquella mirada femenina que se clavaba en él interrogante. Hans la contempló con los labios entreabiertos. Y se juraba que jamás, jamás, en todos los años de su vida mundana y feliz, había contemplado en parte alguna mujer como aquélla. Vestía un modelo de noche negro, muy pronunciado el escote y prendido en el seno con un broche que despedía destellos irisados. Hans reconoció aquel broche. Lo habían lucido todas las damas de su familia. Su bisabuela lo lucía en el retrato que presidía la sala. Su abuela después y su madre más tarde. ¿Quién se lo había dado? ¿Acaso su madre? Sí, lady Janet amaba a Hans y por lo tanto amaba a su esposa. Los ojos ávidos y silenciosos de Hans fueron del broche a clavarse en la espalda desnuda que ahora se volvía hacia el tocador. Peinaba los cabellos con sencillez, lo que contribuía a engrandecer su hermosura juvenil. Había en los ojos de Ivonne vida y pasión, algo desconocido para Hans hasta entonces. Vio la capa tirada en el suelo y corrió hacia ella.

Al ponerla sobre los hombros de su esposa, los dedos masculinos temblaron perceptiblemente. Los dejó presos en los hombros de Ivonne y la miró intensamente a través del espejo.

—Es la primera vez que te veo así, Ivonne —susurró casi sin voz—, y nunca pensé que pudieras sacar tanto partido de tu luminosa belleza.

Ella nada repuso.

—Ivonne, tengo celos de todos los ojos profanos que van a contemplarte esta noche. ¿Me oyes, Ivonne? Tengo celos de todo y de todos. Nunca me sentí tan avaro de tu posesión como en este instante. ¿Me permites que dé una excusa y nos quedemos solos aquí? Solos los dos en la intimidad de nuestra vida común. No puedo, Ivonne —añadió ahogadamente, apretando los labios en la garganta desnuda, que palpitó sutilmente—, no puedo soportar la idea de que ese rostro lo contemplen otros ojos que no sean los míos. Ni que otros brazos rodeen la cintura que yo acaricio ahora. Ni que... ¡Ivonne!

Ella se desprendió blandamente y lo miró a los ojos.

—Vamos, Hans. Sólo se sienten celos cuándo se ama y tú no me amas a mí. Te gusto. Tu orgullo de hombre se siente halagado de mi posesión, pero no me amas, Hans. El amor es muy diferente.

—¿Cómo lo sabes?

—Porque todas las mujeres lo sabemos aunque no lo sintamos.

Hans avanzó de nuevo y la apretó contra su cuerpo con tanta fuerza que ella desafiadora irguió el busto. No quería que la tocara. Cuantos más besos recibía más deseos sentía de devolverlos. Y no podía, no debía hacerlo.

Él no la soltó. Cogida por la cintura la llevó hasta la puerta y al llegar al umbral la miró, inclinose y pegó sus labios a la boca entreabierta de Ivonne. Aquella boca femenina permaneció quieta, insensible. El beso, el beso más bello e intenso que había recibido de los labios de Hans, traspasó su corazón y su alma, pero no hizo ni dijo nada que lo demostrara. Era dura Ivonne, dura como todas las Fossey. Amaba más que a su vida y consideraba aquel amor una humillación porque él no la amaba.

Hans la soltó con rabia y abrió la puerta.

—Vamos, creo que rodeados de gente extraña estaremos mucho mejor que solos aquí, en la intimidad... Dentro de una intimidad demasiado indiferente...

La belleza y la personalidad de la esposa del doctor Keibert habían causado sensación en la fiesta. Todos sabían que Hans Keibert habíase casado, pero se ignoraba la clase de mujer que eligiera para compañera de su vida. Y al ver a Ivonne, jovencísima, hermosa, distinguida y con una personalidad extraordinaria, que ella no denunciaba pero que adivinábase en cada uno de sus gestos y ademanes, produjo en el salón una expectación admirativa. Hans la presentó con orgullo. Y el anfitrión solicitó un baile de la joven dama abriendo la danza con aquella muchacha que era sencilla y diferente a todas al mismo tiempo.

Cuando tuvo lugar la cena fría, Hans aún no había tenido ocasión de cambiar una frase con su esposa. Los caballeros la asediaban y las damas buscaban avariciosas su compañía. Y Hans observaba con rabia que el nuevo ambiente no desagradaba a su mujer. Era como si Ivonne se hubiese desenvuelto en él toda la vida. Y era así precisamente. Hans lo reconoció con despecho y hubo de confesarse que sentía unos celos suicidas de todos aquellos que la miraban.

Coincidieron a la hora de ir hacia la mesa servida en el parque del palacio, bajo múltiples farolillos de colores.

La miró rencoroso.

—¿Qué te pasa, Hans? ¿Estás enojado?

—¿Puedo acaso bailar de contento?

—¿Por qué no? —rió ella, haciendo caso omiso de la mirada de Hans, una mirada furiosa y terrible que resbaló por su corazón sin rozarla siquiera—. La fiesta es maravillosa, Hans. Jamás he disfrutado de velada tan simpática.

—Pues nos vamos a marchar.

—¿Marchar? ¿Ahora precisamente?

—Ahora precisamente, Ivonne. ¿Crees que es decente bailar con todos menos con tu esposo?

Ivonne abrió mucho sus grandes y hermosos ojos.

Colgose con naturalidad del brazo de Hans y susurró elevando la mirada diáfana:

—Lo haré ahora mismo, querido. Bailaré contigo todo lo que quieras, pero no nos marcharemos. Hace muchos, muchos años que no asisto a una velada como ésta. Desde que murió papá, ¿sabes?

Lo enterneció como nada en la vida, la expresión ingenua de aquellos ojos que jamás lo habían obsequiado con una mirada amorosa y el acento dulce y mimoso de la voz. Hans experimentó en aquel instante la imperiosa necesidad del amor de su mujer. Deseó como nada en la vida sentir en sus ojos los ojos de ella, y oír la voz cadenciosa confesándole su cariño, su inmenso cariño. Él lo había dado todo en aquel matrimonio que se formó por un capricho pasajero de hombre antojadizo y ahora era... una necesidad de enamorado. Y él sabía, porque lo había observado en el temperamento de Ivonne, que aquella mujer cuando amase lo haría intensa y locamente. Pero jamás consiguió poseer el corazón de Ivonne y aquella noche lo necesitaba. Oh, sí, lo necesitaba para su tranquilidad espiritual y material. Para su corazón de hombre mundano y para su temperamento de esposo sencillo y amante.

—Vamos a bailar entonces, Ivonne. Creo que nunca lo deseé tanto como esta noche. Por otra parte, jamás hemos bailado juntos y quiero saber cómo lo haces.

La noche era suave y seca. No hacía mucho calor, pero tampoco frío. Era una de esas noches serenas y apacibles que incitan a salir y caminar bajo las estrellas y la luna. Los invitados del salón dirigíanse ahora al centro del parque. Los ventanales continuaban abiertos e iluminados y a través de ellos se filtraba la música dulzona, lenta y pegadiza. Hans cogió a Ivonne de la mano y la arrastró tras él en dirección al lugar de la danza.

—¿Por qué no vamos al salón? —preguntó ella un poco asustada—. No sé si podré bailar en esta semioscuridad, querido.

—Todos lo hacen —repuso él áspero—. Por otra parte, yo te conduciré. Soy un buen bailarín.

La enlazó por el talle. Sus dedos se crisparon en la cintura de Ivonne, la apretó desesperadamente contra su cuerpo.

—Me ahogas, ¿sabes?

—Te resucitaré después con mis besos, Ivonne.

Era un fox lento, cadencioso. Hans casi no se movió, pegó su boca a la oreja de Ivonne y susurró:

—Necesitaba tenerte así, querida mía. Me parece que hace un siglo interminable que no te veo ni te toco.

—¿Tanto lo necesitas? —preguntó ella coquetuela.

La torturaron deliciosamente los brazos masculinos. Sintió el loco latir del corazón de Hans y después elevó un poco los ojos para mirarlo.

—Con intensidad, Ivonne. Ha llegado un momento en que si me faltaras dejaría de ser yo. Ni siquiera mis dedos tendrían fuerzas para sostener el bisturí. Has llegado a ser mucho para mí, Ivonne. Todo, todo en la vida. Sin ti sería, como se suele decir vulgarmente, un barco a la deriva.

—No te has casado conmigo por cariño, Hans —reprochó calladamente.

—Oh, Ivonne. Somos humanos y yo sentí deseo, los mismos deseos que siento ahora. Pero te amo al mismo tiempo. Nunca te he faltado al respeto, Ivonne —añadió cada vez más bajo y pegándola materialmente contra él—. Te he respetado siempre, siempre. Al casarme contigo creí que hallaría un lindo juguete para mi capricho... Y tú sabes, cariño, que aquella misma noche comprendí que tú serías mi mujer, mi esposa, la madre de mis hijos, pero jamás un capricho pasajero.

—Nos están mirando con curiosidad, Hans —susurró Ivonne, estremecida—. Es extraño que un matrimonio baile como dos novios enamorados.

—Eso no se estila hoy —rió Hans, separándola un poco para mirarla a los ojos—. Pero es que nosotros somos diferentes. Pareces una muñeca, Ivonne. Una muñeca deliciosa dentro de mis brazos. Dime, Ivonne —añadió bajito, juntando su mejilla a la de ella—, ¿no podré esperar que me ames algún día? ¿No serán nunca correspondidos mis besos?

—No hablemos de eso, Hans.

—¿Por qué no si lo estoy deseando?

—Es torturarnos de nuevo.

—Eres seca y fría, Ivonne. Y yo creí lo contrario.

Ella tuvo deseos de decirle que no lo era, pero domeñó su anhelo de mujer y cerró los ojos. Se dejó llevar en silencio. Los labios de Hans la besaron lentos, tibios, una y otra vez en la garganta, pero ella le dejó hacer sin protestar aunque dominó su estado de ánimo y se abstuvo de poner al descubierto su gran secreto amoroso.

Hans se hallaba sentado en el borde del lecho. Fumaba lento y callado. De vez en cuando sacudía indiferente la ceniza del cigarrillo y después miraba la figura de Ivonne que se cepillaba el cabello ante el tocador.

El balcón estaba abierto. Por él penetraba una brisa sutil, la brisa del amanecer que sacudía dulcemente las finas cortinas de muselina.

—¿Terminas pronto, Ivonne?

Ella se estremeció. Aquel estremecimiento no lo vio Hans, pero la tela suave del pijama se sacudió. Los cabellos brillaban bajo la débil lámpara que presidía la estancia. Pero Ivonne, nerviosa y terca, continuaba cepillándolos como si en ellos estuviera reconcentrada su atención.

—Enseguida —dijo bajito.

—¿Te ha gustado la velada?

—Me pareció encantadora. Pero no podremos asistir a muchas, Hans, al menos yo...

Hans lanzó el cuerpo hacia atrás y se tendió en el lecho. La punta del cigarrillo depositada ahora en el cenicero de bronce ardía aún y la espiral ascendía hacia el techo. Hans cerró los ojos, perezosamente y preguntó vagamente:

—¿Por qué, Ivonne? Ahora que empezamos no vamos a dejarlo. Recibiremos muchas invitaciones que no admitirán disculpa.

Ivonne dejó el cepillo a un lado y se incorporó.

—Hans —murmuró, avanzando lentamente—. Voy a tener un hijo. ¿Comprendes? Un hijo.

Hans dejó de balancear las piernas. Se mantuvo quieto por espacio de una fracción de segundo. Después bruscamente se sentó. La miró como si la viera por primera vez y, súbitamente, de un salto estuvo a su lado con el cuerpo de Ivonne apretado en sus brazos desesperada y locamente.

—¿Es cierto, Ivonne?

—Lo es. Mi boda contigo no ha resultado un fracaso, Hans. Si voy a tener un hijo, consagraré...

La apartó sin dejarla terminar.

—No me digas que vas a consagrarle tu vida porque ésa me pertenece, Ivonne. No me hagas sentir celos de un ser que aún no ha nacido.

—Iba a decir parte de mi vida, Hans —susurró ella nerviosamente—. La parte que te pertenece a ti..., ¿puedo acaso quitártela? ¿Me lo permitirías tú? ¿No has hecho de mí lo que quisiste, Hans? ¿Acaso vas a respetarme porque vaya a tener un hijo tuyo?

Hans se dejó caer en el borde de una butaca y agitó la cabeza.

—Nunca he dejado de respetarte, Ivonne. Es hora de que vayas digiriendo esa verdad. Cuando yo no respeto a una mujer no me comporto como me comporté contigo. A ti desde el primer día de nuestro matrimonio te consideré mi mujer. Me di cuenta enseguida de que tú no servías para el capricho de un hombre.

—Movió la cabeza de un lado a otro y añadió con vaguedad—: Ya no soy el mismo, muchacha. He cambiado de tal modo que en el mismo sanatorio se han dado cuenta. Soy más humano, más caritativo, menos enérgico. Me gusta hacer un favor y nadie sale de mi sanatorio sin lo que desea... Tú me has hecho cambiar el rumbo de mi vida y hasta mis ideas y mi temperamento.

Se incorporó súbitamente y prendió la cintura de Ivonne, que se estremeció de impotencia, porque sentía infinitos deseos de confesarle su cariño al mismo tiempo que su orgullo de mujer herida la retenía.

—Y necesito tu amor, Ivonne. Ahora no quiero sólo lo que me pertenece, ¿me oyes? Jamás volveré a tocarte si no me lo das por tu gusto. Me iré al otro extremo del palacio —añadió fuera de sí—. Estoy harto de permanecer al lado de una mujer insensible y estúpida. Me voy, Ivonne. ¿Comprendes? Tú irás a buscarme. Mi orgullo me impide hacer más. Y no lo haré.

La soltó y se dirigió a la puerta. Ivonne dio un paso hacia delante, pero se contuvo. Recordó las iras sufridas a causa de las exigencias de aquel hombre. Recordó que si ella no hubiese recibido una gran base moral, Hans la hubiese destrozado. Y recordó el matrimonio impuesto y el rostro pálido de tía Martha tirado en el lecho casi sin vida.

Cerró los ojos como si ya presintiera el golpe de la puerta al cerrarse, pero con brusquedad los abrió porque los brazos de Hans la aprisionaban de nuevo.

—Antes tengo que besarte otra vez, Ivonne —susurró él con voz ahogada—. Lo necesito.

La besó, sí. Fue un beso largo, lento e interminable. Ella apretó la boca y Hans la miró a los ojos.

—Es la última vez que te beso, Ivonne —dijo con pesar—. Hice todo lo humanamente posible para ganar tu amor, y puesto que no lo he conseguido me alejo derrotado. No volveré, Ivonne. Jamás pisaré esta alcoba. Irás tú a la mía. O de lo contrario viviremos en el mismo hogar como dos extraños. Ha de costarme mucho acostumbrarme a vivir de este modo estúpido, pero para algo tenemos orgullo los hombres.

Y esta vez salió, sin volver la cabeza.

Ivonne dejose caer en el borde del lecho, y suspiró ahogadamente. Creyó que Hans volvería al día siguiente, pero se equivocó. Transcurrieron muchos días antes de volverle a ver. Hans se pasaba el día en el sanatorio y a la noche, con un pretexto por teléfono, anunciaba su ausencia nocturna.

Cinco

Una semana después, y sin aún ver a Hans, Ivonne salió en el auto que para su exclusivo servicio le regaló tía Janet. Ésta, tras saber que iba a nacer un heredero, acentuó su cariño hacia Ivonne. De tal modo y con tanta sinceridad, que la joven, de una vez para siempre, olvidó sus rencores y se dedicó a quererla, si no tanto como a tía Martha, sí lo suficiente para que lady Janet se sintiera orgullosa de su triunfo, puesto que no desconocía la intensidad del odio que la muchacha guardaba anteriormente para ella en su corazón.

Puso el motor en marcha y el pequeño vehículo rodó lento por la calle asfaltada. Ignoraba adónde se dirigía, mas estaba casi segura que el final de su viaje sería el sanatorio. Hacía una semana que Hans no iba por casa. Hablaba con él por teléfono todos los días un par de veces, una por la noche y otra por la mañana, pero eso no era suficiente para la inquietud de Ivonne.

Vestía una falda negra, una simple falda muy ajustada a las caderas. Un jersey verde y un abrigo claro echado sobre los hombros. Sujetaba el cabello bajo los colorines de un pañuelo muy fino y las manos que apretaba en el volante iban convenientemente enfundadas en los guantes protectores. No hacía frío, pero las nubes parduzcas anunciaban lluvia o niebla.

Si Hans la necesitaba, ella necesitaba a Hans. Nunca se dio cuenta de aquella evidencia hasta que Hans, terco y orgulloso, se abstuvo de compartir su intimidad. Y ella lo amaba. Había comenzado a amar a Hans casi sin darse cuenta. Y ahora que aquel amor se hallaba bien definido en su corazón, se preguntaba si tendría valor suficiente para participárselo.

El auto corría. Los ojos de Ivonne, un poco entornados, húmedos de llanto, miraban la carretera y más tarde se posaron en la gran mole blanca que era el sanatorio.

Frenó en la verja. Quería ver a Hans aunque sólo fuera un instante. Ni tía Janet ni tía Martha conocían aquella salida. Y aunque la hubiesen visto salir desconocían el destino de su carrera.

—Buenas tardes, señora Keibert —saludó obsequioso el portero.

Ivonne recordó cuando ella era una simple enfermera y traspasaba aquella verja sin merecer ni una pequeña inclinación por parte de la cabeza blanca que ahora se bajaba casi hasta la cintura. Sonrió escéptica, pero devolvió el saludo y, aparcando el auto en una esquina del parque, ascendió luego gentil y hermosa por las escalinatas de mármol.

La enfermera-jefe se hallaba en el primer pasillo. Al verla corrió hacia ella sumisa y dócil.

Otra sonrisa escéptica por parte de la joven damita. Pero sonrió después con dulzura. Al fin y al cabo, eran seres sin personalidad que vivían supeditados a una fuerza superior que los aniquilaba.

Ella hubiese sido diferente, pero, como decía Hans, sólo existía una Ivonne en el mundo.

—¿Y mi marido, señorita? —preguntó.

—No ha dormido, señora Keibert. Estuvo operando desde las ocho de la noche hasta hace un instante. El doctor Keibert trabaja con exceso, señora.

—Gracias por su interés. Hasta luego.

—Lo encontrará en el despacho.

¡El despacho! Aquel recinto triangular lujoso y cómodo guardaba para Ivonne penosos recuerdos. Pero resuelta avanzó. Sin llamar empujó la puerta y cerró de nuevo. Miró en todas direcciones. La estancia hallábase sumida en la penumbra. Divisó a Hans tendido en un diván, con los ojos cerrados. Se aproximó lentamente. Lo miró desde su altura. Pálido, un poco ojeroso, las mejillas un tanto hundidas. Tenía expresión de cansancio. Dejose caer en el borde del diván tras de lanzar el abrigo sobre una silla y sus dos manos acariciaron el rostro masculino.

Los ojos de Hans se abrieron bruscamente.

—Ivonne —susurró casi sin voz.

E iba a incorporarse, pero ella con sus manos le suplicó quietud.

—Tienes expresión de infinito cansancio —musitó quedo.

—Tus manos me alivian, Ivonne. Es la primera vez que las siento en mi rostro.

No por eso ella las apartó. Suavizó con la palma tibia el ardor de la piel masculina. De súbito él elevó las suyas, apretó las de ella y las besó una y otra vez en las palmas abiertas.

—Llegaste en un momento en que te necesitaba a mi lado.

—Tienes que venir a casa, Hans. Estás rendido y agotado.

—Pensaba ir hoy, Ivonne —dijo él con naturalidad.

—Tienes ojeras y estás cansado, Hans —murmuró pesarosa, inclinándose mucho hacia él hasta clavar sus ojos ávidos en las facciones alteradas del galeno—. Nunca te he visto así, querido. Necesitas unos meses de descanso. ¿Por qué no salimos de viaje, Hans? Ello te reconfortaría.

—Ignoraba que te interesaras tanto por mí.

Ivonne lo contempló largamente con una mirada seria y extraña y súbitamente se puso en pie y retrocedió. Le dio la espalda. Los ojos masculinos la contemplaron y la boca se apretó fuertemente, como si contuviera el terrible deseo que lo acuciaba de ir a su lado y apresándola en sus brazos confesarle que no era el trabajo lo que le agotaba, sino la indiferencia de ella. Había llegado a quererla con intensidad. Ya no deseaba la belleza de Ivonne, anhelaba su amor, su dulzura de mujer, su espíritu elevado y exquisito.

—Me intereso por el padre de mi hijo, Hans —murmuró la joven, mirando vagamente por el amplio ventanal hacia el inmenso parque donde los enfermos se movían mezclados con los uniformes de las enfermeras—. Vas a ser padre y sentiría un gran remordimiento si por mi causa tú le faltaras.

—Sólo por eso has venido a mi lado —reprochó calladamente.

Ivonne se volvió. ¡Qué cambiado estaba Hans!

¡Y cuánto le amaba, porque aquel cambio le favorecía! Ya no era el Hans tirano e indiferente que exigía placer a cambio de su desprecio. Era un Hans sumiso, dócil, dolido quizá por su alejamiento. ¡Si ella se atreviera! Podría decirle muchas cosas, que le necesitaba en su vida tanto como él pudiera necesitarla a ella. Que lejos de su ser, el suyo se desvanecía y no hallaba razón de vivir. Que, ausente él, ella sufría; no se encontraba a sí misma. Pero no se atrevió.

—Soy egoísta —dijo— como esposa y como futura madre, Hans, si tú has sido egoísta como marido, ¿por qué no puedo serlo yo ahora que tú me abandonas?

Hans no respondió. Se levantó del diván y fue despacio hacia ella. Con las manos hundidas en los bolsillos del pantalón de franela y un pitillo ladeado en la comisura de su boca.

—Algún día realizaré un viaje, Ivonne —confesó indiferente—. Quizá lo haga pronto o quizá nunca. De todos modos, ésta es una mala época para tomarme unas vacaciones. Por otra parte, espero que, cuando decida marchar, tú me acompañes.

—Puedo acompañarte ahora, Hans.

Él la miró fijamente. Estaba muy cerca. Su cuerpo rozaba el de Ivonne y ésta no se movió. Sostuvo valientemente la mirada y esperó con ansiedad la reacción de Hans; pero Hans no reaccionó del modo que ella anhelaba. Sonrió, aspiró con placer el humo del cigarrillo que fumaba y luego expelió la voluta, que ascendió ondulante.

—Eres muy amable, Ivonne. Pero no es así como yo quiero que me acompañes.

Y retrocediendo un paso, se aproximó a la mesa y abrió el dictáfono.

—¿Hay alguna novedad, señorita? —preguntó con voz grave.

—El enfermo de la sala B se halla grave, señor director —respondió la voz de la enfermera-jefe—. Una gravedad peligrosa, señor.

—Voy al instante.

La miró a ella.

—No puedo detenerme más, querida mía.

—¿Te espero, Hans?

Él la contempló con vaguedad.

—No te molestes, Ivonne. Si puedo, iré a cenar con vosotros.

Y agitando la mano, sin un beso, sin una frase amable que calmara el dolor y la incertidumbre femenina, la figura de Hans se perdió tras la puerta.

Ivonne, con los ojos húmedos, se dejó caer en el diván que minutos antes ocupaba él. Miró con intensidad todo cuanto le rodeaba y pensó que jamás aquel despacho le había sido odioso. Había amado a Hans desde el primer instante. De otro modo, jamás, ni por tía Martha ni por nadie, se hubiese casado con él. Y ahora que aquel hombre era suyo, que le pertenecía por derecho, él poco a poco se alejaba de su vida cuando ella más lo necesitaba.

«Y jamás Hans me admitirá en su vida —se dijo desalentada—, si yo no le confieso mi cariño. Ha sido duro para quererme y lo es ahora para esperar mi confesión. Hans domeñará su cariño hasta matarse, antes que descender un ápice en su orgullo de hombre.»

No se dio cuenta de que el tiempo transcurría y de que las sombras de la noche iban poco a poco invadiendo el recinto. Con la cabeza echada hacia atrás permaneció... ¿minutos u horas...? ¡Qué más daba! Le ardían las sienes y le ardían los ojos donde las lágrimas se cuajaban furiosas. ¡Cuánto amaba a su marido y cuánto le necesitaba, y qué ansias de devolver todas las caricias que él le había prodigado! Con cuánto placer se hubiera aproximado a Hans para entregársele dulce y apasionadamente. Y le diría: «Hans, tómame, por caridad, porque te amo más que a mi vida».

Súbitamente la estancia se inundó de luz y la figura del hombre, sin verla, avanzó hacia la gran mesa de despacho.

—Hans...

Se volvió rápidamente.

—¿No te has ido?

—Te estoy esperando.

—No sé si podré acompañarte, Ivonne —repuso Hans sin mirarla—. Hay varios enfermos graves que no debo abandonar.

—Puedo quedarme contigo —dijo Ivonne calladamente—. Si me necesitas me tendrás a tu lado, Hans. Siempre he sido una valiosa auxiliar.

Hans aplastó el cigarro sobre el cenicero y avanzó hacia ella. Sentose en el borde del diván, donde Ivonne, temblorosa aún, permanecía tendida, y Hans la miró a los ojos profundamente.

—Ahora no eres mi enfermera, Ivonne. Eres mi mujer y tu lugar está en el hogar. Vete. Quizá pueda comer con vosotros. Cuando lleguen los médicos del turno de la noche decidiré una cosa u otra.

—Te esperaré —repuso terca.

—Te he dicho, Ivonne, que no es preciso que me esperes.

—Entonces, dormiré aquí, Hans. No pienso volver a casa sin ti, ¿me oyes? No pienso volver.

El galeno la contempló con mayor fijeza.

—Sea, Ivonne. Te llevaré a casa y volveré.

Se inclinó para ayudarla a incorporarse y al rozarla se estremeció. Hacía muchos días que venía domeñando el deseo de acariciar a Ivonne. Ahora la tenía en sus brazos muy apretada, como si temiera que alguien se la llevara. La muchacha, muy de cerca, le miró. Tenía los ojos de Hans casi pegados a los suyos y observó que la boca masculina temblaba casi imperceptiblemente. Un simple movimiento y los labios de Ivonne rozaron los de Hans. Fue suficiente. Una descarga eléctrica pareció sacudir el cuerpo del galeno. Sus brazos apretaron a Ivonne, la apretaron tanto y de tal manera, que ella se estremeció como si fuera a morir de placer o de dolor en aquel instante. La besó larga y apasionadamente. Los labios femeninos, que siempre hasta aquel momento permanecieron apretados y duros, se ablandaron, se abrieron, se entregaron voluptuosamente en una entrega absoluta y deliciosa.

Hans la levantó en vilo y la depositó en el suelo.

—Te acompañaré —dijo ahogadamente.

Y cogiéndola del brazo, salió de la estancia y cruzó el pasillo.

—Si hay algo urgente, llámeme a mi casa —dijo al pasar junto a la enfermera-jefe, que se perdió asintiendo tras el recodo del pasillo central.

Minutos después, Hans se sentaba ante el volante del auto de Ivonne, y ésta, a su lado, hundió la mano en el bolsillo de la americana de Hans y extrajo un cigarrillo, que encendió en su boca. Después, con ademán natural y delicioso, lo aprisionó entre sus dedos e inclinose hacia él.

—Tu cigarro, cariño.

Los ojos de Hans se clavaron en ella con una mirada larga, indefinible. Abrió los labios y el cigarrillo quedó aprisionado.

Luego Ivonne, con naturalidad, sacó el pañuelo y susurró:

—Voy a limpiarte la mejilla, Hans. Estás manchado de mi carmín.

Era deliciosa. Él jamás la había visto tan cerca, ni tan sumisa, ni tan exquisitamente suya como aquel día. El auto aminoró la marcha y los dedos de Ivonne limpiaron la mejilla bronceada y un poco áspera.

—Ya estás bien —dijo después—. Tía Martha y mamá Janet se hubieran reído de ti si llegaras a casa con esa facha.

Seis

La comida había tenido lugar dentro de la más sincera alegría. Para las damas, tras la ausencia de Hans, verle
de nuevo en el hogar, sentado a la mesa familiar, suponía
una satisfacción indescriptible. Ahora, ambos solos, se hallaban sentados en el diván del saloncito, silenciosos y
quietos. Él fumaba, Ivonne tejía una diminuta prenda de
lana. La ventana del saloncito estaba abierta y por ella penetraba una brisa cálida y suave que agitaba las cortinas
dulcemente.

Tía Martha y mamá Janet, quizás adivinando que ellos
necesitaban estar solos, se habían ido a la cama.

En el vestíbulo, el reloj tocó con timbre monótono y
lento las doce campanadas de la media noche. Ivonne dejó la calceta y se aproximó a la radio. La conectó y luego
volvió a sentarse al lado de Hans.

—Parece que ya no te llaman del sanatorio —dijo bajito, por decir algo y romper aquel embarazoso silencio.

—Eso estoy pensando.

Otro silencio. Hans aplastó la punta del cigarrillo y
pasó la mano izquierda por el cabello un poco rebelde.

En aquel momento la radio dejó oír un fox lento y
dulzón que invitaba al baile. Ivonne lo pensó y lo dijo:

—¿Bailamos, Hans?

—¿Bailar? ¿Ahora?

—¿Por qué no? Estamos solos y nadie se reirá de nosotros. Además, recuerda que esta pieza la bailamos en aquella fiesta. Fue el primer baile que dancé contigo, Hans.

Éste se puso en pie y ella lo imitó. Estaba gentil aún. Aquel cuerpo que había de deformar el embarazo, aún se mantenía esbelto y juvenil. Hans la abarcó toda por el talle y la apretó súbitamente contra su cuerpo.

—Tenía deseos de bailar, Ivonne —susurró apretando su boca sobre la garganta femenina—. Pero no me atrevía a decírtelo. No creas que al oír este baile no recordé...

Ella, silenciosa, temblando como una criatura, se dejó llevar blandamente. Y cuando Hans, caprichoso, atenuó el brillo rutilante de la lámpara y la estancia se inundó de sombras, no protestó. Lo estaba deseando. Deseaba tener a Hans como lo tenía ahora. Deseaba decirle que le amaba y que no la abandonara jamás. Pero no se atrevía. Y su cuerpo, que antes manteníase rígido y duro, ahora se ablandaba, se entregaba con esa entrega absoluta de la mujer que ama.

—No pareces la misma —musitó Hans, besándola en los ojos— y, sin embargo, lo eres.

Ella nada repuso. Instintivamente se apretó más contra él, y cuando la radio cambió de disco continuaron enlazados. De súbito él echó la cabeza de Ivonne hacia atrás e inclinó su busto hacia delante buscando avaricioso los ojos femeninos que se cerraban un tanto avergonzados.

—Quiero quedarme a tu lado, Ivonne. ¿Me oyes? Ahora no podré marchar.

—Quédate, Hans.

—¿Para siempre?

—¡Oh, sí, Dios mío, para siempre, Hans! ¡Para siempre!

Y vencida, emocionada como jamás lo estuviera, elevó los brazos y cercó el cuello de Hans.

—Para siempre, Hans —repitió bajito, intensamente, buscando la boca, que se pegó a la suya en un beso infinitamente largo y poderoso.

—Para siempre —repitió con ahogado acento la voz queda de Hans.

Siete

El ventanal estaba abierto. La tenue brisa agitaba las finas cortinas. Desde la alcoba se veían las sombras de los árboles que, al proyectarse en la ventana, reproducían caprichosos dibujos.

—Y me has perdonado...

—No tenía nada que perdonarte, Hans —susurró la voz queda de Ivonne—. Tú sabes que nada en absoluto. Aprendí a quererte en el silencio de esta estancia. Ya te quería cuando aquella noche me dejaste sola...

—Nos resarciremos de todo el tiempo perdido, Ivonne.

—Tengo que hacerte olvidar mi estúpido orgullo, Hans. Mi rigidez. ¡Dios mío, cuánto y cómo deseaba que te dieras cuenta de que me hacías feliz! No podía decirlo, ¿sabes? ¡Me habías herido tanto!

—¿Y ahora, querida mía?

—Ahora tengo tu cariño, Hans. Tu inmenso cariño. Pero me has hecho sufrir —suspiró ahogadamente—. Tú sabes que no te portaste bien conmigo. Estaba sola y me asediaste.

—Pero desde el primer instante supe que no te vencería.

—Y me has vencido —rió ella, bajito.

—Te he vencido con mi cariño. Pero jamás con mis exigencias de hombre caprichoso.

Hubo un silencio.

El suspiro de Ivonne lo ahogó una voz profunda y queda:

—Empecé a quererte la misma noche de nuestra boda, pequeña. Aquel mismo día comprendí que todas las mujeres del mundo dejarían de existir para mí si tú me faltabas.

—Pero no me lo dijiste.

—¿Podía? ¿Lo hubieses tú creído?

Otro silencio. Después...

—No, Hans. No te hubiese creído. No podía creerte porque estaba muy dolida. Me martirizaste, me obligaste a un matrimonio que en aquel entonces me parecía una atrocidad. Me acorralaste y, sin embargo, yo ya te amaba.

—¡Ivonne!

—Sí, Hans. Ya te amaba. Me di cuenta algunos días después, pero no quise ni confesármelo a mí misma temiendo que tú te dieras cuenta de ello. Y domeñé mis deseos de devolver las caricias que me prodigabas. Y domeñé mis ansias de mujer y mi amor de esposa.

—No te lo perdono, Ivonne.

—Cariño. Si ahora te lo doy todo, ¿por qué no vas a perdonarme?

—Ahora me lo das todo... —repitió Hans como si rezara una oración—. Sí, ahora me lo das todo y vas a darme aún mucho más.

La cortina de la ventana continuaba balanceándose indiferente. Las copas de los árboles del parque producían un ruido tenue, parecido al suspiro que exhalaba el corazón aliviado de Ivonne.

Epílogo

El yate despegaba del muelle. Allí quedaban tía Martha, lady Janet y muchos otros amigos, cuyas manos agitaban albos pañuelos.

El barco blanco, largo y de línea estilizada, alejábase lento surcando los mares. Parecía una paloma en medio del mar azul y transparente.

—Dios les acompañe —dijo tía Martha mirando por última vez el punto blanco que a cada minuto transcurrido era más menguado en la cinta iridiscente del horizonte—. Ambos merecen la felicidad.

Lady Janet enjugó una lágrima y, cogiendo el brazo de su amiga, ambas se dirigieron al auto que las esperaba.

—Estoy muy contenta, Martha —confesó lady Janet, recostándose en el cómodo asiento—. He pasado fatigas, que callé. Tuve mis dudas respecto a ese matrimonio. Sufrí mucho, Martha, cuando mi hijo se divorció de su primera mujer, y no respiré aliviada hasta que ella murió. Dios me perdone, pero era la única solución para que Hans perdiera su escepticismo. Una boda y una mujer como Ivonne podían hacer el milagro. Tanto es así, que cuando una tarde encontré a Ivonne en la calle, la invité a mi casa pensando en mi hijo. Y cuando, más tarde, él me presentó a su mujer, recibí la satisfacción más grande de mi vida, más que el día en que mi esposo me pidió que me casara con él.

—De todos modos, las cosas no se arreglaron hasta ahora, Janet. No creas que todo fueron rosas. Hubo muchas espinas que Ivonne se encargó de apartar.

—¿Te lo ha dicho ella?

—Lo he visto yo, que conozco a Ivonne. Me hice la desentendida porque tenía la evidencia de que ella por sí sola arreglaría este asunto.

—Yo también comprendí algo. Hasta que los vi disponer el viaje no creí en el amor que confesaban. Hubo algo terrible entre ellos que nosotros desconoceremos siempre, Martha. Algo que no nos comunicarán jamás.

Tía Martha sonrió sutilmente.

—Hans obligó a Ivonne al matrimonio, Janet.

Tu hijo no fue noble hasta que se enamoró de mi sobrina.

—¿Qué dices, querida?

—Lo supe sin querer. Una conversación entre los enfermeros la noche de mi operación. No pude moverme, Janet; si no, hubiese impedido aquella boda... Hoy no me pesa, pero entonces no estaba muy segura de la felicidad de mi sobrina y la había criado y querido como si fuera mi propia hija. Mi vida pendía de un hilo —añadió—. Sólo Hans Keibert podía salvarme y me salvó a cambio de que Ivonne se casara con él... Por eso la muchacha no dudó en hacerlo. Pero esto, Janet, morirá con nosotros. Ni tú ni yo debemos revolver cosas que han muerto. Yo, que lo sabía, estuve al tanto del matrimonio, y espié sus gestos, sus modales, sus sonrisas. Hoy me siento satisfecha y ya no me importa morir.

La mano de lady Janet apretó lo dedos temblorosos de su amiga.

—Nos necesitamos mutuamente, Martha —dijo la aristócrata—. Estoy profundamente arrepentida del daño que les hice a ellos, a tu hermana y a mi hermano. Pero espero me hayan perdonado porque ahora los recuerdo constantemente. Debemos vivir la una para la otra. Y aún espero que tanto tú como yo guiemos los primeros pasos de mis nietos.

Tía Martha enjugó una lágrima y asintió en silencio.

El yate blanco continuaba surcando los mares. Su quilla aguda y esbelta iba dejando en el líquido elemento una estela plateada donde la luna rielaba juguetona.

Acodada en la borda se hallaba Ivonne. Tenía los ojos clavados en la lejanía y en la boca una sonrisa que invitaba al beso. No más dudas ni más rencores en su vida. Sólo existía ahora la figura de Hans, su hijo, y el cariño del marido que le había enseñado lo que era el amor y la intimidad fascinadora de los que se aman y se compenetran.

Unas manos se posaron en los hombros desnudos. Vestía ella un traje de noche sin espalda; muy escotado. Para verla él solo, Hans gustaba de que Ivonne vistiera así. Habían cenado momentos antes y ahora estaban juntos, apretada ella en sus brazos, con los ojos de Hans, aquellos ojos azules e intensos que sabían acariciar sin rozarla, mezclados en los suyos ávidamente.

—Ahora estamos solos en cubierta, vida mía —susurró pegado a ella—. ¿Quieres bailar?

—¿Bailar?

—Sé que te gusta hacerlo conmigo, Ivonne. ¿Verdad que te gusta?

Le gustaba, sí. Le gustaba tanto como los besos de Hans. Adoraba a Hans. Había llegado a quererle como una verdadera loca, sin sentido... Y descarada, eclipsado el rubor, sabiendo que era amada intensamente, le daba más cariño aún del que él le pedía.

—Bailemos —susurró.

La enlazó por la espalda y bailaron muy juntos. La música salía tenue y dulzona de la cámara que ellos compartían y que se hallaba muy próxima. Silenciosos, apretados uno en brazos del otro bajo los tenues reflejos que vertía la luna, continuaron bailando casi hasta la madrugada.

—Estoy cansada, Hans, cariño —musitó ahogadamente.

La llevó en brazos hasta el camarote.

—Ivonne, nunca pensé que un hombre como yo se prendara de este modo de una niña como tú.

—¿Niña?

Él rió ampliamente. La recogió en sus brazos, e inclinose hacia delante y buscó la boca femenina.

—Mujer para amar —musitó casi sin voz—. Y niña para dejarte querer.

El yate continuaba balanceándose majestuoso en medio del mar. La luna rielaba juguetona y silenciosa por las olas ondulantes que mecían el barco suave y dulcemente...